KB072781

전능의 팔찌

THE OMNIPOTENT BRACELET

김현석 현대 판타지 소설
FUSION FANTASTIC STORY

전능의 팔찌 39

김현석 현대 판타지 소설

초판 1쇄 찍은 날 § 2014년 7월 28일
초판 1쇄 펴낸 날 § 2014년 8월 5일

지은이 § 김현석
펴낸이 § 서경석

편집부장 § 권태완
편집책임 § 박은정

펴낸곳 § 도서출판 청어람
등록번호 § 제387-1999-000006호
등록일자 § 1999. 5. 31
어람번호 § 제1-1904호

주소 § 경기도 부천시 원미구 부일로 483번길 40 서경B/D 3F (우) 420-822
전화 § 032-656-4452   팩스 § 032-656-4453
http://www.chungeoram.com
E-mail § E-mail § chungeorambook@daum.net

ISBN 979-11-316-9133-5 04810
ISBN 978-89-251-2596-1 (세트)

전능의 팔찌

THE OMNIPOTENT BRACELET

39

FUSION FANTASTIC STORY
김현석 현대 판타지 소설

청
람

CONTENTS

Chapter 01   아제르바이잔의 밤   7

Chapter 02   클럽 징크스   31

Chapter 03   보는 눈이 없으니 그렇지   57

Chapter 04   더 넓혀진 행보   81

Chapter 05   이간질은 이렇게!   105

Chapter 06   원유 시추 100% 성공 비법   129

Chapter 07   코리안 빌리지의 성자   153

Chapter 08   의료원을 지어야겠습니다   177

Chapter 09   고향에 다녀오세요   201

Chapter 10   아버님이라 부르지 마라   225

Chapter 11   금광 만드는 법   249

Chapter 12   봤지? 마음에 들어?   273

Chapter 13   걸려드는 지나와 일본   299

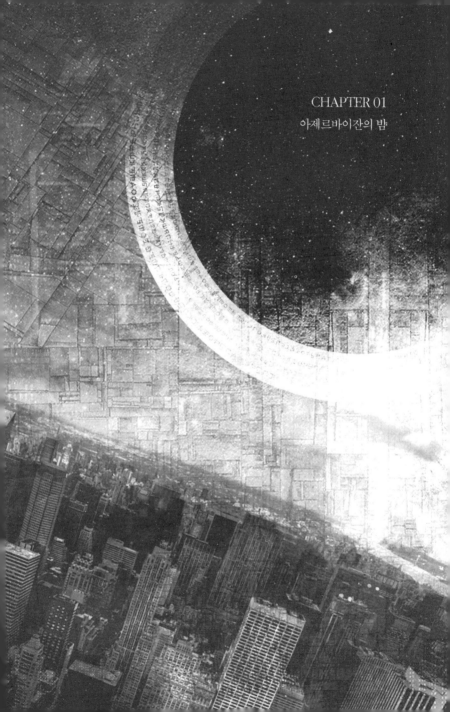

CHAPTER 01
아제르바이잔의 밤

"저희는 FA—50과 수리온 등 무기를 도입하고자 합니다."

현재의 유럽(E.U.)은 에너지 안보를 확립하기 위해 중앙아시아로부터 가스 직거래를 추진하고 있다.

이에 러시아는 강력히 반발하고 있다.

표면적으로 환경 파괴와 카스피해의 영토 분쟁을 이유로 내세우고 있지만, 실제적인 이유는 따로 있다.

러시아는 지금껏 투르크멘의 가스를 싼값에 산 뒤 이를 유럽에 재판매하는 과정에서 막대한 이익을 챙겨왔다.

아제르바이잔도 러시아에 하루 300만㎥의 가스를 공급해

왔지만 지난 1월 13일 기술적인 이유를 들어 가스 공급을 전면 중단했다.

2013년에는 약 13억 7천만㎥의 가스를 공급했는데 이는 2012년보다 31.5%나 감소한 것이다.

유럽에 파는 것이 더 이익이기 때문이다. 러시아가 이를 좋게 볼 리 없다.

불똥이 튀면 우크라이나의 일부가 러시아에 편입된 것처럼 아제르바이잔 역시 같은 일을 겪을 수 있다.

문제는 전력 열세이다. 이를 극복할 무기 도입이 절실하다. 하여 미국을 방문한 바 있다.

그런데 무기값을 너무 비싸게 받으려 했다. 러시아와의 관계를 고려하여 비싼 값을 부른 것이다.

2014년 현재, 세계 무기 수출국 서열은 다음과 같다.

1위	미국	663억 달러
2위	러시아	48억 달러
3위	프랑스	44억 달러
4위	지나	21억 달러
5위	대한민국	15억 달러

미국의 것은 좋기는 한데 너무 비싸고, 러시아에선 무기를 도입할 수 없다. 프랑스도 문의해 봤는데 매우 비싸다.

지나의 경우는 가격을 떠나 품질 자체를 신뢰할 수 없다는 결론을 내렸다.

차순위인 한국은 아직 접촉하지 못했다.

하여 이런저런 조사를 하던 중 현수가 KAI 등 방산업체를 소유하고 있음을 알게 되었다.

기업내용공시를 한 때문이다.

줄여서 기업공시라고도 하는 이것은 상장법인의 경영 상태 등 증권시장에서 주가 및 거래량에 영향을 미칠 만한 중요한 사실이 발생하면 이를 투자자에게 신속 · 정확하게 공시함으로써 공정거래질서가 확립되도록 하는 것이다.

이것은 증권거래법 등에 따른 의무 사항이다.

지난 2월, KAI는 한국정책금융공사, 현대자동차, 삼성테크윈, 두산, 오딘홀딩스 등이 보유하고 있던 주식 전부가 이실리프 상사 회장 김현수에게 매도되었음을 발표하였다.

이로써 김현수는 KAI의 전체 지분 중 97%를 확보한 절대주주가 되었으며 나머지 지분 역시 추가 매입하여 100%를 확보하면 상장폐지를 할 것이라 발표하였다.

현재는 개별주주와 접촉하여 나머지 주식을 매수하는 작업이 진행되는 중이다. 이 일은 민주영이 총괄 지휘 중이다.

KAI는 아제르바이잔이 필요로 하는 FA—50과 수리온 등을 생산하는 업체이다. 그렇기에 자료 조사를 하던 중 이러한 사실을 알게 된 것이다.

아제르바이잔은 혹시 있을지 모를 러시아의 위협에 대비하여 K—9구룡 자주포와 K—2 흑표 전차, 그리고 신형 MLRS 천무 다연장포와 K—30 자주대공포 비호 등과, 미사일 현무 시리즈와 신궁 등을 대량으로 구입할 생각을 품었다.

한국의 방위사업청을 직접 방문하는 것과 현수를 통해 매입하는 것을 비교하였을 때 후자가 낫다는 판단을 내렸다.

작년 연말에 한국의 국방장관을 만났고, 방위사업청까지 방문했지만 별다른 성과를 내리지 못한 때문이다.

한국 정부는 러시아와의 관계에 흠집이 생기는 것을 우려하여 적극적일 수 없었던 것이다.

현수는 천지그룹을 등에 업고 있다. 거의 핵심인물이나 다름없다. 이실리프 그룹은 전대미문한 사업을 펼치는 곳이다.

따라서 한국 내에서 현수의 입김은 상당히 강할 것이라는 판단을 내렸다. 그렇기에 만나기를 청한 것이다.

"흐음! FA—50이나 수리온, 정찰용 무인기 송골매 등은 수출을 적극 고려토록 하겠습니다. 나머지는 귀국하는 대로 관련자와 접촉하여 상황을 알아보도록 하겠습니다."

"감사합니다. 그런데… 아니, 아닙니다."

방위산업부 장관은 뭔가 할 말이 있는 듯하지만 이내 말을 끊는다. 기술 이전 문제를 언급하려 했던 것이다.

"우리 아제르바이잔은 1991년 10월에 새롭게 세워진 국

가입니다. 경제적으로 나아지고는 있지만 완전하진 못합니
다. 그리고 소국입니다. 부디 우리의 입장을 헤아려 주시길
바랍니다."

기술 이전은 포기할 테니 무기 도입 가격이라도 낮춰달라
는 뜻이다.

이 자리에 있는 대통령, 국방장관, 방위산업부 장관은 무기
도입의 최종 결정권자들이다. 그렇기에 잠시 생각을 정리한
현수는 일일이 시선을 주었다.

"리베이트를 생각지 않으신다면 생각보다 저렴할 수도 있
을 겁니다."

"…우린 그런 걸 생각지도 않습니다."

"알겠습니다. 저도 최선을 다하지요."

장관들과의 이야기를 마친 현수는 만찬을 함께했다.

친해 두어 손해 볼 사람들이 아니기에 오펜시브 참 마법을
한 번 더 구현시켰다.

"정말 대단하십니다, 부사장님!"

만찬을 마치고 호텔로 돌아오자 박진영 과장은 경외에 찬
시선으로 현수를 바라본다. 진심으로 감탄하는 눈빛이다.

구본홍은 거의 공황 상태에 있는 것처럼 멍한 표정이다.

기 계약된 172억 달러짜리 석유화학단지는 상대도 안 될

정도로 덩치가 큰 신도시 개발공사에 대한 전권을 위임받은 것이나 마찬가지이기 때문이다.

처음 아제르바이잔 건설부 공무원들로부터 서류가 가득 담긴 박스를 받을 때는 이게 뭔가 했다.

약 20여 개나 되었던 때문이다.

그중 영어 가능자가 있어 왜 이런 것을 주느냐고 물었을 때 건설부 공무원은 이렇게 말하였다.

"이 서류는 우리 정부가 계획한 신도시에 관한 겁니다."

"신도시요?"

"네! 다바치주와 하츠마스주에 걸친 샤브란 평원 일대에 설립되죠. 7,200만㎡ 규모가 될 겁니다."

"상당하군요. 거기는 베드타운이 되는 건가요?"

베드타운이란 도심에 직장을 갖고 있는 시민들의 주거지 역할을 하기 위해 대도시의 교외에 위치하는 도시이다.

"아뇨! 거긴 신 행정도시입니다. 행정뿐만 아니라 관광 · 문화 · 레저 · 의료시설 등 복합기능을 갖춘 친환경 도시로 설계 되었습니다."

나머지 사항을 물어보니 인구 50만 명을 수용할 도시이다. 한국으로 치면 분당의 3.6배 정도 되는 규모이다.

"근데 이 서류들을 왜 저희에게 주시는 겁니까?"

"한국의 천지건설이 이 공사 전체를 맡는 것으로 이야기가 되었답니다. 높은 분들의 결정이죠."

말을 마친 공무원은 트럭에 싣고 온 서류 박스들을 나르느라 구슬땀을 흘렸다.

서류가 담긴 박스를 받던 박진영 과장은 이 순간부터 멍한 표정이 되었다.

정확한 금액은 제대로 산정해 봐야 알겠지만 최하가 591억 5천만 달러짜리 공사이다. 이걸 한화로 환산하면 약 71조 원이다.

사전에 아무런 조짐도 없던 초대형 공사를 김현수 부사장은 한 번 만나서 뚝딱 가져온다. 대체 어떻게 했기에 이런 결과가 빚어지는지 이해되지 않는다.

아제르바이잔 신도시 개발공사는 아무것도 없는 벌판에 완벽한 도시 하나를 만들어내는 거대한 공사이다.

그런데 리우 쪽 공사도 수주할 것 같은 예감이다. 아무런 근거도 없지만 왠지 그런 기분이 강하게 든다.

두 공사 모두를 수주하면 천지건설은 세계 10대 건설사 안에 들어갈 것이다.

큰 사고만 없다면 어마어마한 순이익이 발생될 것이니 직원들에 대한 처우도 많이 좋아질 것이다.

구본홍은 천지기획 소속이지만 본인은 천지건설 소속이다. 이번 건이 확정되면 차장이 아니라 부장으로 승진할 가능성이 매우 크다. 현수가 공을 나눠줄 것이기 때문이다.

"부사장님!"

"네!"

"오늘 같은 날 술 한잔 없이 되겠습니까? 제가 모시겠습니다. 나가시죠. 근데 이 동네 술 문화는 어떨까요?"

아무리 비싸도, 석 달 치 월급이 한 번이 나가도 오늘 계산은 본인이 하리라 마음먹은 박 과장의 말이었다.

"이곳도 사람 사는 데니 비슷비슷하지 않겠습니까? 일단 나갑시다."

현수가 고개를 끄덕이자 박 과장은 물 만난 고기처럼 신 나는 표정을 짓는다.

"구본홍 대리, 뭐해요? 어서 부사장님, 모시지 않고."

"네? 아, 네에. 이, 이쪽으로……."

아제르바이잔은 국민의 95% 이상이 이슬람교를 믿는다.

하지만 자유로운 신앙생활을 하는 편이라 종교의식을 하지 않거나 음주를 즐기는 사람들이 다수 있는 등 세속적 종교관이 보편화되어 있는 곳이다.

그래서 호텔을 나서면서 괜찮은 술집을 추천해 달라고 했다.

데스크에 있던 사내는 웃는 낯으로 어디 어디가 괜찮으니 어떻게 어떻게 가라고 이야기해 주었다. 그런데 나와 보니 막막하다. 서울과는 완전히 다른 분위기 때문이다.

사내가 알려준 대로 큰길을 따라 걷다가 꺾으라는 곳에서 꺾었는데 그냥 뒷골목만 나온다.

"으잉? 또 뒷골목이네? 부사장님, 아무래도 길을 잘못 들은 거 같은데요? 어디로 가죠?"

"그냥 아무 데나 가봅시다. 거기가 다 거기 아니겠습니까?"

"네에."

터벅터벅 걸어가던 중 Karavan Sara라는 간판을 보았다.

"저기 식당 같은데 한번 가봅시다."

"네에."

열린 문 사이로 양고기 굽는 냄새가 진동을 한다.

"여기 괜찮겠네요."

현수와 박 과장, 그리고 구본홍은 웨이터의 안내를 받아 안쪽에 자리를 잡았다. 아제르바이잔어를 아는 사람이 현수뿐이라 주문까지 책임져야 했다.

한쪽에선 전통음악이 연주되고 있다.

주문한 음식과 술이 나오자 박 과장은 어떻게 하여 신도시 건설에 대한 M.O.U.[1]를 따냈는지 묻는다.

이에 현수는 빙그레 웃어주었다.

"우리가 올바른 마음으로 이곳에 와서일 거예요."

---

1) M.O.U.(Memorandum of understanding, 양해각서) : 당사국 사이의 외교교섭 결과 서로 양해된 내용을 확인·기록하기 위해 정식계약 체결에 앞서 행하는 문서로 된 합의. 기업과 합의해 작성하는 양해각서는 정식계약을 체결하기에 앞서 쌍방의 의견을 미리 조율하고 확인하는 상징적 차원에서 이루어진다.

"올바른 마음이요?"

"삿된 생각 없이 진심으로 대한 결과 같습니다."

"아······!"

박 과장은 뭔가 느껴지는 것이 있는지 나직한 탄성을 끝으로 더 이상 묻지 않았다.

식사는 간단하게 끝났다. 박진영과 구본홍은 곁들인 술로 불콰해져 있다.

"사장님! 여기까지 왔는데 그냥 갈 수는 없잖습니까? 우리 2차 가요. 네?"

"······!"

큰 공사를 수주하게 되어 기분이 몹시 좋은 듯 상기된 표정이다. 이럴 땐 부하직원의 기를 꺾어선 안 된다.

"나이트클럽이요?"

"네! 스테판 기장님이 머물고 있는 '파크 인 바이 래디슨 아제르바이잔 바쿠 호텔'에 나이트클럽 있습니다. 거기 괜찮다는데 한번 가시죠. 네?"

구본홍 대리는 눈빛을 반짝이고 있다. 꼭 가고 싶다는 뜻이다. 현수는 슬쩍 바라보며 웃음 지었다.

자가용 제트기에 오르는 순간 이후 구본홍 대리의 시선은 오로지 스테파니에게 고정되어 있었다.

물론 너무도 아름다웠기 때문이다.

처음 만났으니 말을 걸어야 뭐를 해도 한다. 하지만 구본홍 대리는 스테파니와의 대화가 어려웠다.

스위스는 독일어, 프랑스어, 이탈리아어, 로만슈어를 공용어로 쓰고 있기 때문이다. 스테파니는 이 중 독일어는 유창하고, 프랑스어는 의사소통을 할 수 있을 정도이다.

구본홍 대리는 독일어의 아베체데(ABCD)도 모르고, 프랑스어의 아베세데(ABCD) 역시 모른다.

영어는 둘 다 더듬더듬이니 몇 마디 하다 뻘쭘한 표정만 지었을 뿐이다.

현수는 이미 결혼을 했고, 박진영 과장은 이실리프 뱅크 은행장대리 전무이사가 된 김지윤과 연애 중이다.

기장인 윌리엄 스테판 역시 기혼자이니 미혼인 스테파니와 대화할 자격을 갖춘 사람은 본인밖에 없다 생각하고 있다. 하여 뭔가 사건을 일으키고 싶었다.

눈부시게 아름답고, 몸매 또한 끝내주지만 그러면 뭐하겠는가! 본인이 한 번도 접해보지 못한 독일어를 배우든지, 스테파니가 배우기 어렵기로 소문난 한국어를 익히지 않는 이상 제대로 된 대화는 어려울 듯싶다.

참고로, 한국어는 영어권 외국인이 익히기 어려운 언어 Best 5안에 들어간다.

예를 들어, 조지훈 시인의 '승무' 같은 시는 10년 동안 한국어 공부에 매진한다 해도 이해하기 어려울 것이다.

얇은 사 하이야 고깔은
고이 접어서 나빌레라.
파르라니 깎은 머리
박사고깔에 감추오고,
두 볼에 흐르는 빛이
정작으로 고와서 서러워라.

이 시가 전하려는 느낌은 영어는 물론이고 이 세상 어떤 언어로도 번역하기 어려울 것이다.

아무튼 스테파니에게 눈길이 가고 마음 또한 움직이지만 하늘같은 사장님인 현수에게 통역을 부탁할 수는 없다.

그렇기에 벙어리 냉가슴 앓듯 끙끙대다 이곳에 도착했다.

가슴속에 뭔가 응어리가 진 기분이다. 그걸 발산시키고 싶은데 그러기엔 나이트클럽이 제격이다.

그리고 심심한 스테파니가 혹시라도 그곳에서 놀고 있을지도 모른다는 얄팍한 생각이 든 때문이다.

"네? 사장님!"

"……!"

곁에 있던 박진영 과장은 상사에게 어리광부리듯 하는 구본홍 대리를 제지하려 했다. 그런데 그러다 만다.

이곳에 온 목적은 당도하자마자 별 힘 안 들였음에도 다 이루어졌다. 그렇기에 본인도 홀가분한 마음으로 놀고 싶은 마음이 들었기 때문이다.

"좋아요. 까짓것, 갑시다."

현수는 소위 클럽이라는 곳과 궁합이 좋지 않다. 갈 때마다 사건이 터지곤 했다.

지난해 6월 김수진과 이지혜의 입사를 환영하는 의미에서 태백호텔 나이트클럽 엑스터시(Ecstasy)를 갔었다.

그때 평화시장을 근거지로 악행을 일삼던 김치성 무리에게 이은정이 봉변을 당했고, 녀석들은 현수에게 혼쭐이 났다.

강남 최고의 나이트클럽이라고 소문이 난 청담동 클럽 제이(Club J)를 찾았을 때에도 시비가 있었다.

이제는 몰락해 버렸지만 당시만 해도 국회부의장 자리에 앉아 떵떵거리던 변의화의 아들 변병도와의 악연이다.

덕분에 하룻밤을 유치장에서 보내야 했다.

모스크바에 갔을 땐 메트로클럽 앞에서 한바탕 드잡이질을 벌였다. 그 후로 한 번 더 갔을 때에도 이리냐를 보고 '노랭이와 붙어먹은 갈보[2]'라는 말을 하던 놈들과 시비가 있었다.

그러고 보니 매번 시비가 붙은 건 아니다.

---

[2] 갈보 : 특수한 매음녀, 즉, 창녀를 지칭하는 말. 그리고 일반적으로 매음하는 것을 갈보질 한다, 또는 갈보 노릇한다고 한다.

세정파를 조사하기 위해 갔던 월계동 해피클럽에선 H일보 강민경 기자를 만났다. 그리고 그날은 아무 일도 없었다.

조경빈, 이현수, 이수정, 이수연은 물론이고 한창호 등과 역삼동 클럽을 찾았을 때에도 별일 없이 잘 놀다 왔다.

하버드 대학 로스쿨 출신인 테리나와 나이트클럽에 갔을 때엔 섹시댄스 경연대회에 참가했다가 열렬하고 진한 키스를 하기도 했다.

클럽에 갔을 때 벌어졌던 이런저런 일을 떠올린 현수는 고개를 좌우로 흔들었다.

'에이, 클럽 징크스 그런 게 어디 있어? 여기선 별일 없겠지. 여긴 아는 사람 하나 없는 외국인데.'

아제르바이잔은 멀고 먼 타국이다.

이곳 사람들에게 일행은 여행자로 보일 것이다. 대부분의 국가에선 여행자들에게 친절하다.

그렇기에 고개를 끄덕인 것이다.

현수 일행이 나이트클럽으로 통하는 계단으로 내려가자 웨이터 차림의 사내가 허리를 숙인다.

"어서 옵서!"

물론 아제르바이잔어로 한 말이다.

"세 명이구요. 여긴 처음입니다. 좋은 자리 부탁합니다."

"와아! 외국인이신 거 같은데 우리말 참 잘하십니다."

현수가 내미는 팁을 받아 들던 웨이터는 깊숙이 허리를 숙인다.

무려 50마나트짜리 지폐였던 때문이다. 이걸 한화로 환산하면 7만 2,500원 정도이다.

현수가 이처럼 큰 액수를 팁으로 준 이유는 아제르바이잔의 물가가 유럽 못지않게 비싸다는 것을 알기 때문이다.

또한 오늘 최고의 대접을 받아보겠다는 뜻이기도 하다.

그리고 부하직원인 박진영 과장과 구본홍 대리가 있기 때문이기도 하다. 혼자 왔다면 이러지 않았을 것이다.

어쨌거나 현수처럼 큰 액수의 팁을 주는 이는 매우 드물다. 돈이 많다는 미국인들도 기분이 매우 좋아야 간혹 10달러짜리 지폐를 내밀 뿐이다.

웨이터는 무척 기분이 좋은 듯 연신 뒤돌아보면서 떠든다.

한국식으로 표현하자면 오늘 물이 아주 좋다는 것이다. 그러면서 클럽 입구에 있는 아가씨들을 가리킨다.

"손님! 저기 있는 저 아가씨들의 입장료만 내주시면 같이 노실 수 있습니다. 아! 그렇다고 쟤들이 몸을 판다는 건 아닙니다. 그냥 같은 테이블에서 놀 수 있다는 뜻입니다."

"그래요?"

"네, 근데 저기 저 아가씨와 저 아가씨는 고르지 마세요."

"왜죠?"

"쟤들 여기 죽순이에요. 그리고 꽃뱀이기도 하구요. 쟤들 뒤에 마피아가 있어요. 그러니 쟤들은 빼세요."

웨이터가 나직한 음성으로 해준 말이다. 물론 한국식으로 해석해서 들은 결과이다.

"손님! 제가 좋은 애 추천해 드릴까요? 쟤들처럼 나대거나 흑심이 있어서 온 애들 말고 순수하게 놀고 싶은데 돈이 없어서 못 들어가는 애들이 좀 있습니다."

말없이 웨이터의 말을 듣던 현수는 박진영과 구본홍에게 시선을 돌렸다.

"박 과장! 구 대리! 저기 있는 아가씨들이랑 부킹해서 놀자는데 의향 있어요?"

"네……? 저, 저는…….."

진영이 먼저 발을 뺀다. 김지윤과 사귀는 걸 모두가 아는데 이곳에서 다른 여자랑 놀았다는 이야기가 그녀의 귀에 들어가면 여러모로 안 좋을 것이기 때문이다.

하여 머리를 가로저으려 할 때 구본홍이 나선다.

"네, 저는 좋습니다. 고르기만 하면 됩니까?"

구본홍이 눈빛을 빛내며 서성이는 아가씨들 가운데 하나를 고르려 할 때이다.

"어머! 회장님, 여기 놀러가시려구요?"

"아! 스테파니. 그러는 스테파티는 여기에 웬일……?"

"호호! 호텔에서 우연히 친구들을 만났어요. 여기 여행 중인데 같이 놀자고 해서 따라왔어요."

스테파니의 뒤에는 아가씨 둘이 있다. 둘 다 늘씬한 팔등신 미녀들이다. 미모는 스테파티에 비하면 약간 떨어진다.

"인사드려! 우리 회장님이셔."

"아, 안녕하세요?"

얼떨결에 한 아가씨가 인사를 한다. 당연히 독일어로 말한다. 따라서 박진영과 구본홍은 대체 뭔 소리인가 하는 표정으로 지켜보는 중이다.

"회장님! 개는 미쉘이구요. 얘는 세실이에요."

"아! 그래요? 만나서 반가워요. 김현수라 합니다."

가볍게 눈웃음 지으며 고개를 까딱이자 미쉘이 묻는다.

"아, 안녕하세요. 그런데 혹시… 축구선수 아닌가요?"

세실 역시 긴가민가한 표정으로 현수를 살핀다.

현수가 선수도 뛴 한·일 사회인축구팀 간의 경기는 유투브를 통해 이미 전 세계로 번졌다.

그 동영상의 제목은 다음과 같다.

호날두와 메시를 애송이로 만드는
축구의 신 지구에 강림하다!

전·후반 경기가 모두 들어 있는 이 동영상의 말미엔 하이라이트 부분만 따로 편집되어 있다.

당연히 현수의 얼굴이 클로즈업되어 나온다.

축구에 관심이 없는 사람이라도 '우와! 정말 기막히다' 라는 말이 절로 나올 정도로 멋진 장면들이다.

미쉘과 세실은 축구경기를 간혹 보는 편이다. 스타들이 총출동하는 월드컵 경기 정도이다.

반면 남친들은 둘 다 열렬한 축구팬이다.

입소문이 난 현수의 경기를 이들이 어찌 안 보았겠는가!

남친들과 함께 본 현수의 경기는 인상적인 장면이 많았다. 하여 현수의 얼굴을 기억하기에 확인 차 물어본 것이다.

이때 스테파니가 끼어든다.

"맞아! 일본 축구팀을 아작 내버린 분이서. 그리고 한국 드라마 신화창조에 카메오로 출연하셨던 분 맞고."

"아! 맞다. 맞아!"

미쉘이 손뼉까지 치면서 고개를 끄덕인다. 그것도 본 모양이다. 이때 스테파니의 말이 이어진다.

"그리고 우리 회장님은 '지현에게' 와 '첫 만남' 을 작사 작곡한 분이시기도 하서. 놀랐지?"

말을 하며 스테파니는 우쭐해하는 표정을 짓는다. '나, 이런 사람의 자가용 제트기 승무원이야' 하는 표정이다.

"헐! 정말······?"

"우와, 진짜로? 진짜, 진짜 이분이 그 노래들을 작사, 작곡 하셨다고? 축구선수인데?"

미쉘과 세실의 눈이 퉁방울만 해진다.

그룹 다이안이 발표한 두 곡은 전 세계 음악계를 강타하는 중이다.

현재 미국의 빌보드차트 1위는 '지현에게'이고, 2위는 '첫 만남'이다. 발표된 다음 주부터 현재까지 부동의 1~2위이다.

유튜브 역시 마찬가지이다. 뿐만이 아니다.

거의 모든 나라의 음악차트 역시 1위와 2위는 다이안이 차 지하고 있다. 대부분 지현에게가 1위이고, 첫 만남은 2위에 랭크되어 있다. 간혹 이게 뒤집힌 나라도 있다.

"아니! 회장님은 축구선수가 아니셔. 엄청나게 커다란 회 사를 운영하는 경영자이시지."

스테파니는 한껏 자랑스럽다는 표정이다.

"헉! 축구선수도 아닌데 그렇게 잘한단 말이야?"

"말도 안 돼! 축구의 신이 어떻게 축구선수가 아닐 수 있 어? 너, 뻥치는 거지?"

"아니! 정말 축구선수 아냐. 니들도 신문에서 봤지? 우리 회장님은 IQ는 255로 기네스 세계기록 보유자이기도 해."

"헐……!"

미쉘과 세실은 멍한 표정으로 현수와 스테파니를 번갈아 바라본다. 방금 들은 말들이 정말 사실이냐는 뜻이다.

그러다 황급히 스테파니 바라본다.

"파니야! 종이와 펜 있지?"

"…그건 왜?"

"사인! 사인을 받아야지. 그리고 이분이 수학 6대 난제를 모조리 풀어내신 그분이지? 맞지?"

"그, 그래!"

"그럼 당연히 사인을 받아야지. 펜! 펜 내놔. 종이도 내놓고. 어서! 어서!"

미쉘의 채근에 백을 뒤지던 스테파니가 꺼낸 건 전화번호를 기록하는 작은 수첩이다. 그런데 작아도 너무 작다. 손바닥의 절반도 되지 않는다.

찌이익―!

미쉘은 지저분하게 찢긴 부분을 감추기 위해 얼른 종이를 접고는 손톱으로 몇 차례 문지른다.

"…여기요. 사인 부탁드려요."

볼펜과 자그마한 종이를 내놓는데 사인할 방법이 없다. 현수라도 허공에서 끄적거리는 기술은 없기 때문이다.

"에구… 여의치 않군요. 조금 있다가 해드릴게요."

"그, 그러세요."

미쉘이 머쓱한 표정을 지을 때 현수는 슬쩍 안내하던 웨이터를 바라보았다.

지금껏 독일어로 대화를 했기에 웨이터는 무슨 내용을 이야기했는지 모른다. 그렇지만 여기서 이렇게 떠들 것이 아니라 어서 안으로 들어가자는 표정이다.

그러고 보니 일행 때문에 입장하지 못하는 사람들이 있다. 통로 한가운데를 막고 있었던 것이다.

"우리, 여기서 이럴 게 아니라 안으로 들어갑시다. 우리 때문에 못 들어가는 사람들이 있으니까."

"어머! 독일어도 정말 유창하셔."

"그럼 신화창조 티저 영상에 나왔던 게 연습이 아닌 거였어? 그런 거야?"

미쉘과 세실은 또 믿을 수 없다는 표정으로 스테파니를 바라본다.

"응! 우리 회장님은 딱 일주일 공부하고 아제르바이잔어를 모국어 수준으로 구사하시는 분이야."

"세상에……!"

뭘 더 말하겠는가! 미쉘과 세실은 입은 벌리고, 눈은 크게 떴다. 모든 방면의 천재를 보고 있다는 생각 때문이다.

이때 현수는 웨이터를 바라보고 있다.

CHAPTER 02

클럽 징크스

“아가씨들이 동행할 듯싶은데 안내해 주시겠소?”

“봤지? 우리 회장님의 아제르바이잔어를……!”

“……!”

미쉘과 세실은 저도 모르게 고개를 끄덕이고 있었다.

이때 웨이터가 입을 연다.

“그럼요! 제일 좋은 자리로 안내해 드리겠습니다.”

일행이 안내된 곳은 플로어를 한눈에 내려다볼 수 있는 2층 좌석이다. 앉아 보니 매우 푹신한 소파였다.

주문을 하고 세팅이 끝날 때까지 모두 입을 다물었다.

아제르바이잔어로 대화를 나누니 끼어들기는커녕 알아들을 수도 없었던 때문이다.

"자아! 이쪽은 천지건설의 박진영 과장입니다. 이쪽은 천지기획의 구본홍 대리구요."

"Hallo! Sie kennen zu lernen."

"사장님! 무슨 뜻인가요?"

"만나서 반갑다는 뜻입니다."

"아! 저도 만나서 반갑습니다를 독일어로 뭐라고 하죠?"

현수는 피식 웃고는 구 대리를 대신하여 뜻을 전해줬다.

미쉘과 세실은 각자 박진영과 구본홍의 맞은편에 앉아 환한 웃음을 짓고 있다.

같은 순간, 스테파니는 플로어에 시선을 주고 있다. 신 나는 음악에 맞춰 몸을 흔드는 사람들로 가득하다.

"회장님! 저 나가서 놀아도 되죠?"

강렬한 비트에 몸이 근질근질한 모양이다.

"하하, 그럼요. 얼마든지 놀다 와도 됩니다."

"야! 우리 나가자."

스테파니에 이어 미쉘과 세실마저 자리에서 일어서자 박진영과 구본홍도 얼떨결에 따라 일어나더니 플로어로 내려간다.

쿵쾅거리는 음악에 맞춰 흥겹게 몸을 흔드는 사람들 틈으로 일행이 사라진다. 거대한 물결 속으로 스며드는 느낌이다.

현수는 잠시 시선을 주고 춤추는 사람들을 바라보고 있었지만 이내 상념 속으로 잠겨든다.

'흐음, KAI에서 생산하는 걸 파는 건 문제가 없는데 러시아가 문제군.'

아제르바이잔이 매입하려는 무기는 러시아의 공격을 우려한 것이다. 그런데 현수와 러시아 권력의 쌍두마차인 푸틴 & 메드베데프와 밀월관계에 놓여 있다.

처음엔 어펜시브 참 마법 때문이었지만 지금은 굳이 마법의 효력을 유지시키지 않아도 될 정도이다.

메드베데프의 경우는 테러로부터 구해주었고, 중독을 치유해 주었으며, 다시는 독에 당하지 않도록 조치를 취해준 바 있다. 두 번 죽을 뻔한 걸 살려준 것이다. 그리고 반쯤 고개 숙였던 남자를 위풍당당한 수컷으로 만들어주었다.

푸틴에겐 정치적 동반자를 잃을 뻔한 두 번의 위기를 해소시켜 주었다. 그리고 금괴를 매각함으로써 경제적 이득을 주어 국민들로부터 '위대한 경세가'라는 극찬을 듣게 하였다.

뿐만이 아니다. 현수는 레드마피아와 러시아 정부 사이의 눈에 보이지 않는 알력을 중재하는 열쇠이다. 양쪽 모두로부터 지극한 신뢰를 받는 유일한 인물이기 때문이다.

게다가 미개척지나 다름 없는 땅을 빌려주고 막대한 이득을 취할 수 있게 해주었다. 덕분에 푸틴은 지지율이 대폭 상승하는 정치적 안정까지 취하는 중이다.

이것 이외에도 또 있다.

현수 덕에 지나가 차지하고 있던 몽골의 광산개발권 대부분을 가져올 수 있어 자원에 대한 여유도 생겼다.

현수가 러시아 정부에 매각한 금괴 600톤의 매각대금 270억 달러 중 135억 달러는 지나로부터 빼앗은 몽골 광산개발에 투입하기로 했다. 전체 개발비용 중 75%는 현수가, 나머지 25%는 러시아 정부가 낸다.

이래놓고 광산으로부터 얻는 수익의 배분율은 몽골 : 현수 : 러시아 = 30 : 40 : 30이다.

겉보기엔 불공평한 듯싶지만 실제 내용을 들여다보면 러시아 정부가 상당한 배려를 한 것이다.

최근의 러시아 정부는 결코 가난하지 않다. 막대한 가스와 오일 머니를 벌어들이는 중이기 때문이다. 따라서 현수가 내려는 돈 정도는 얼마든지 조달할 능력이 된다.

현수를 배제하고 직접 다 해먹을 수 있었던 것이다.

그럼에도 현수의 덕이라는 표현을 쓰는 것은 그러지 않았을 경우 몽골 광산에 대한 관심이 적어 이런 이득을 취하지 못했을 확률이 매우 높기 때문이다.

마지막은 바이롯이다. 푸틴은 조강지처와 이혼했다.

그리고 러시아 리듬체조 국가대표였던 알리나 카바예바

의원과 연애를 하는 중이다.

그런데 그 관계가 보다 확고해졌다.

이전까지는 다른 것은 다 만족시켜 주어도 한 가지만은 솔직히 부족함을 느끼고 있었다.

그런데 바이롯 덕분에 자신감을 회복했다. 현재는 위대한 정복자가 되어 밤마다 기염을 토하는 중이다.

'흐음, 바이롯 15병이면 1년간 효력이 유지될 것이니 마나포션을 곁들이면 훨씬 나아지겠지? 바이롯을 추가로 한 30병을 더 주면 한 5년은 쌩쌩할 거야.'

사내로서의 자신감 회복, 그리고 그것의 오랜 유지는 모든 나이 든 수컷의 희망사항이다.

마나포션과 바이롯은 그것을 확실하게 보장해 줄 것이다.

'그래! 아예 탁 터놓고 이야기하자.'

무기수출 건은 해결된 셈이다. 국산 전투기와 전차, 미사일 등이 상당히 좋다는 것은 인정한다.

문제는 수출 물량이다. 아무리 많이 수출해도 러시아의 무시무시한 화력을 대항하긴 힘들 것이다. 이런 점을 부각하면 푸틴은 껄껄거리며 웃어넘길 것이다.

그 정도 배포는 되고도 남기 때문이다.

'좋아! 다음은 통신기술부가 요구했던 IT기술 이전 문제인가? 그나저나 이 사람들 욕심 참 사납네. 한국도 아직 LTE A

×3망은 아직 다 깔린 게 아닌데.'

한국의 통신사들은 세계 최초로 225Mbps 속도의 '광대역 LTE A' 상용화 준비를 하는 중이다.

이것은 기존 LET—A 대비 3배 빠른 속도를 내는 것이다.

1GB짜리 드라마 한 편을 다운받는 데 불과 37초밖에 걸리지 않는 것을 의미한다.

이번에 내놓을 것은 1.8_{GHz} 대역과 800_{MHz} 대역을 묶는 캐리어 어그리게이션 기술[3]이 적용되는 것으로 2014년 7월 1일이 되어야 서비스 이용이 가능하다.

그런데 이 기술을 이전해 달라는 뉘앙스였다.

'근데 아제르바이잔 기술로 그걸 소화할 수 있을까? 아, 몰라. 이건 그 회사랑 연결만 해주고 빠지는 정도만 하자. 기술 이전을 해주든지 말든지 알아서 하라고 하고.'

현수는 머리를 흔들어 통신기술부가 요청했던 내용을 털어냈다. 이제 남은 건 건설부이다.

'최대한 빨리, 그리고 성의껏 하면 될 거야.'

천지건설은 해외공사 경험이 제법 있다. 현수가 입사하기 전에 이루어진 일이 대부분이다. 따라서 해외공사를 어떻게 수행하는지에 대한 노하우가 집적되어 있다.

기술력은 갖춰져 있고, 건설비용은 저렴하다. 그러므로 아

---

3) 캐리어 어그리게이션(Carrier Aggregation) 기술 : 주파수를 묶으면 묶는 대로 속도가 빨라지는 기술.

제르바이잔 정부가 요구하는 수준에 맞는 공사 또는 그보다 더 품질 좋은 시공을 해줄 수 있을 것이다.

'여기 일이 끝나면 에티오피아에 가야겠구나. 어라!'

이런저런 생각을 하던 현수의 눈에 플로어가 들어온다. 춤 삼매경에 빠진 세 아가씨는 열심히 몸을 흔들고 있다.

그런데 주변에 있어야 할 박진영과 구본홍이 보이지 않는다. 하여 어디 있나 살폈더니 사내들 뒤로 밀려나 있다.

아제르바이잔 사내들이 춤을 추면서 은근슬쩍 자리를 잡으려 할 때 둘은 이들의 접근을 차단하려는 몸짓을 했다.

그런데 둘이서 어찌 다수를 상대할 수 있겠는가!

하나를 막고 나면 둘이 여인들 주변에 자리를 잡는다.

그들을 밀어내려 움직이면 다른 쪽에서 넷이 접근하는 상황이 이어졌다. 그러다 보니 어느 순간 세 여인은 십여 명의 사내에게 둘러싸여 있고, 둘은 외곽으로 밀려난 것이다.

신 나는 음악이 잦아드나 싶더니 새로운 음악이 터져 나온다. 비트가 빠른 댄스 음악이다.

이때 미친 듯이 몸을 흔들던 스테파니가 좀 쉬어야겠다 생각했는지 춤을 멈추고 스테이지 밖으로 나가려 한다. 미쉘과 세실도 마찬가지이다.

그런데 웬 녀석들이 여인들의 팔목을 잡는다.

스테파니는 사내에게 뭐라고 말을 하곤 팔을 뿌리치려 하는데 놔주지 않는다. 그리곤 자신의 품에 안으려는 듯 잡아당긴다. 스테파니가 싫다고 소리를 지르는 것 같은데 음악 소리가 너무 커서 마치 입만 벙긋거리는 것 같다.

미쉘과 세실 역시 거의 비슷한 상황이다. 잡힌 손목을 빼내려 잠시 옥신각신하는 실랑이가 벌어졌지만 주변의 아무도 신경 쓰지 않는다. 이런 일이 다반사이기 때문이고, 모두들 춤추느라 여념이 없기 때문이기도 하다.

박진영과 구본홍만이 안쪽으로 파고들려 했지만 나머지 사내들의 조직적인 움직임 때문에 여의치 못하다.

"끄응! 클럽에만 오면… 징크슨가? 쩝~!"

나직이 중얼거린 현수는 자리에서 일어났다. 박진영과 구본홍만으로는 상황 수습이 어렵다 판단한 것이다.

"싫다고 했잖아요. 이 손 놔요!"

스테파니가 싸늘한 표정으로 사내를 노려본다.

그녀의 손목을 쥐고 있는 사내는 그럴 맘이 전혀 없다는 듯 음흉한 웃음만 짓고 있을 뿐이다.

독일어를 전혀 알아듣지 못하기 때문이다.

"헤이, 쌔끈이! 괜히 빼지 말고 그냥 같이 놀자고. 좋은 게 좋은 거 아니겠어?"

"놔요! 이 손 안 놔요?"

"뭐라는 거야? 흐흐! 조금 이따가 아주 황홀한 밤을 보내게 해줄게. 마약 어때? 헤로인도 있고, 코카인도 있어. 물론 엑스터시도 있지. 원하는 게 뭔지 말만 해. 아주 죽여줄게. 크흐흐흐!"

상대가 아제르바이잔어를 모른다는 것을 짐작했는지 대놓고 이야기한다.

"놔요! 이 손 놔요. 아프단 말이에요."

"흐흐! 튕기는 맛을 보니 오늘 침대가 몹시 기대되는군. 이 따가도 지금처럼 팔딱팔딱 뛰라고, 알았어?"

"아파요! 손 놔요."

"뭐라고? 대체 뭐라는 거야? 좋다는 거지? 기왕이면 화끈하게 해달라고? 그럼, 그럼! 당연한 말씀이지."

"아프다고 했잖아요."

"좋다고? 그래, 아주 죽여줄게. 그나저나 그년 참 맛있게도 생겼네. 오늘 횡재한 건가? 크흐흐흐!"

각기 다른 언어를 쓰기에 정확히 무슨 뜻인지는 모르지만 표정이나 태도를 보면 뜻은 짐작된다.

스테파니는 사내가 완력으로 자신을 어쩌려 한다는 것을 느꼈다. 하여 필사적으로 저항했지만 어찌 사내의 힘을 당하겠는가!

자력 구제가 불가능함을 깨닫고는 얼른 주변을 살핀다.

박진영과 구본홍을 찾으려는 것이다. 그런데 저쪽에서 다른 사내들에게 밀려나는 중이다. 주먹을 휘두르는 건 아니지만 힘으로 밀어내는 것만은 분명하다.

미쉘과 세실 역시 사내들과 실랑이를 벌이고 있다.

"Help me! Help me!"

스테파니가 영어로 소리치자 주변에 있던 사람들의 시선이 잠시 쏠린다. 그러다 그녀의 손목을 틀어쥐고 있는 사내의 얼굴을 보곤 얼른 외면해 버린다.

"Help me! Please, Help me!"

또 한 번 소리쳤으나 아무도 거들떠보지 않는다. 오히려 일행으로부터 떨어지려 이동해 버린다. 스테파니와 미쉘, 그리고 세실을 둘러싸고 있는 사내들이 누군지 알기 때문이다.

이곳 아제르바이잔에도 마피아는 있다.

약 3,000여 명으로 구성되어 있는데 마약밀매, 인신매매, 유흥가 지배, 카지노, 차량절도, 사기, 공갈 협박, 사채업, 청부살인 등 그야말로 온갖 나쁜 짓은 다한다.

큰 틀에서 보면 이들도 레드마피아 중 한 부분이다.

참고로, 레드마피아는 1만 개에 이르는 조직으로 구성되어 있으며, 행동대원의 숫자만 약 50만 명이다.

지역과 민족 중심으로 형성돼 활동하고 있는데 상호 협력하는 공생 관계를 유지하면서도 갈등 · 경쟁 관계에 있다.

큰 틀에서 보면 5,000여 명의 중간 보스가 있고, 그 위에

1,000여 개의 조직이 존재하며, 최상층에는 250여 명의 대부(代父)가 통제하고 있다.

러시아의 밤을 지배하는 알렉세이 이바노비치는 이들 가운데 서열 1위이다. 상트페테르부르크를 지배하던 보스는 2위에 해당된다.

현수는 입단식조차 치르지 않았지만 모스크바 조직 서열 2위였던 메트로클럽의 사장 세르게이 블라디미르를 밀어낸 바 있다.

본인도 모르는 사이에 마피아 중에서도 상당한 고위직이 된 것이다. 굳이 서열로 따지자면 레드마피아 전체에서 10위 정도 된다.

만일 이바노비치 신상에 유고가 발생되면 즉각 서열 1위로 올라선다. 후계자 지목 작업이 진행 중인 때문이다.

아무튼 현수는 무시 못할 마피아 조직의 수장들과 어깨를 나란히 할 정도이다.

아제르바이잔 마피아는 체첸 마피아와 더불어 잔인하기로 이름난 집단이다.

그리고 지금 스테파니의 손목을 쥐고 있는 놈은 아제르바이잔 하부조직에 소속된 행동대장 중 하나이다. 나머지는 이 놈의 지휘를 받는 행동대원들이다.

현수의 입장에서 보면 새까맣게 아래쪽에 있는 조직원들

이 분수도 모르고 시비를 걸고 있는 것이다.

"크흐흐, 반항은 그만하고 이제 그만 가자!"

"놔! 손 놓으란 말이야. 이잇!"

"큭! 이 계집이……?"

짜악―!

"아악!"

상황은 순식간에 이루어졌다. 녀석이 강하게 잡아당기자 스테파니는 뾰족한 앞굽으로 놈의 정강이를 걷어찼다.

사람인 이상 당연히 통증을 느낀다. 느닷없는 가격에 고통을 느낀 녀석은 스테파니의 뺨을 후려갈겼다.

스테파니가 바닥에 쓰러지자 머리채를 휘어잡는다.

순순히 말을 듣지 않을 땐 매가 최고이다. 그러니 복부 어퍼컷 한 대면 고분고분해질 것이라 생각한 것이다.

"이년이……! 좋은 말로 할 때 순순히 말을 듣지. 매를 벌어요, 벌어! 어서, 일어나!"

"아아! 아아아!"

머리를 잡아당기자 스테파니는 고통에 겨운 비명을 토하며 자리에서 일어난다. 이 순간 녀석의 주먹이 스테파니의 복부로 꽂혀든다.

퍼억―!

"케엑!"

느닷없는 주먹에 비명을 지르며 쓰러진 것은 녀석이다. 어느새 다가온 현수가 강력한 한 방을 질러 버린 것이다.

"……!"

자신들의 행동대장이 누군가에게 맞고 쓰러지자 박진영과 구본홍을 밀쳐내던 녀석들이 일제히 뒤돌아본다.

"으아아아! 아아아아!"

옆구리에 강력한 한 방이 꽂힌 녀석은 고통을 견디기 어려운 듯 비명을 지르며 꿈틀거린다.

이때 스테파니가 놀란 표정을 짓는다.

"회장님……?"

"괜찮아요?"

"네? 아, 네에. 구해주셔서 고마워요."

"내 직원이니 당연한 일입니다."

둘의 대화를 끊은 건 세실의 팔목을 쥐고 있던 녀석이다.

"넌 뭐야?"

"그러게, 뭐하는 놈이야? 넌!"

"먼저 그 손부터 놓지? 안 그러면…….''

현수가 말끝을 흐리자 미쉘의 손목을 잡고 있던 녀석이 눈을 부라리며 언성을 높인다.

"안 그러면……? 그래서 어쩔 건데? 야! 이놈 포위해."

말 떨어지기 무섭게 나머지 사내들이 현수와 스테파니를

에워싼다. 미쉘이나 세실에겐 흥미가 떨어졌는지 구석으로 밀쳐 버린다.

사내의 강한 힘을 견뎌내지 못한 둘이 볼썽사납게 바닥으로 나뒹굴자 박진영과 구본홍이 얼른 일으켜 세운다.

하지만 이들에게 신경 쓰는 사람은 없다. 춤추던 사람들도 사단이 벌어진 것을 알고는 슬슬 피한다.

그런 사람들 입에서 한 사람의 이름이 튀어나온다.

"가, 가자! 억시모프 패거리야. 억시모프!"

"뭐어? 어, 억시모프······? 가, 가자! 어서 가!"

억시모프라는 이름이 사람들에게 전달되자 순식간에 플로어의 한 부분이 텅 비어버린다.

"스테파니! 저쪽으로 가 있어요."

"네? 네에. 그런데 어떻게 해요?"

"내 걱정은 말고 저쪽으로 가요."

현수의 시선을 받은 구본홍이 알았다는 듯 고개를 끄덕이며 한 발짝 나서자 사내들이 길을 터준다.

잘 빠진 계집이기는 하지만 감히 행동대장을 건드린 녀석에 대한 처벌이 우선이기 때문이다.

덕분에 미쉘과 세실 역시 사내들로부터 풀려났다.

박진영과 구본홍은 얼른 아가씨들을 뒤로 빼돌리는 한편 두리번거린다. 공중전화를 찾는 것이다.

클럽 구석, 화장실 입구에 빨간색 전화 부스가 보인다. 황급히 달려간 박진영은 주머니를 뒤진다.

동전을 넣어야 걸리는 것이기 때문이다. 그런데 이곳에 당도하여 환전을 하지 않았다.

자가용 제트기에서 내리자마자 바기로프 장관의 영접을 받아서 그럴 여유가 없었던 때문이다.

그래도 혹시 몰라 주머니 속의 동전을 찾아 밀어 넣었다. 500원짜리는 컸고, 100원짜리는 작은 듯하다.

그러고 보니 이곳 경찰의 전화번호를 모른다.

112, 113, 119, 911이란 번호를 떠올렸지만 그거라는 확신은 없다.

동전이 들어갔지만 통화대기음이 들리지 않는다. 번호를 알아도 소용이 없는 상황인 것이다.

철커덕—!

송수화기를 내려놓고 돌아서는 순간 박진영 과장의 눈이 커진다.

플로어에 있던 현수가 위기에 처해 있었던 때문이다. 현수를 에워싼 사내 열 명이 한꺼번에 달려들고 있었다.

"아! 안 돼!"

큰 소리를 낸 박진영은 후다닥 달렸다. 비겁하겠지만 뒤통수를 갈겨서 하나라도 숫자를 줄여주기 위함이다.

같은 순간 구본홍 대리는 탁자에 있던 양주병을 움켜쥔다. 그것으로 현수를 공격하려는 자를 후려갈기려는 것이다.

이때 현수의 섬전과 같은 움직임이 시작되었다.

마치 가만히 서 있는 마네킹 사이를 빠르게 움직이며 각기 한 방씩 먹여주는 듯한 모습니다.

퍼퍽! 퍼퍼퍼퍽! 퍼퍼퍽!

"윽! 아악! 켁! 크억! 악! 컥! 케엑! 크윽! 커컥! 으아악!"

순식간에 비명이 터져 나오는데 주의 깊게 듣지 않았다면 거의 동시에 들린 것 같을 것이다.

콰당! 우당탕! 콰당탕ㅡ!

건장한 체구의 사내 열이 거의 동시에 나자빠진다. 달려들던 박진영은 그중 하나에 걸려 엎어질 뻔했는데 간신히 균형을 잡는다. 막 한 녀석의 뒤통수를 갈기려던 구본홍 대리는 움직임을 멈춘 채 놀라운 광경에 시선을 주고 있다.

신 나게 춤추며 놀다가 억시모프 패거리라는 말에 화들짝 놀라 공간을 비워줬던 손님들 모두 멍한 표정이다.

슈트를 걸친 현수는 전혀 근육질로 보이지 않는다. 다소 호리호리하다는 느낌이 강하다.

물론 벗겨놓으면 다르다.

근육의 볼륨은 작은 듯 보이지만 정말 보기 좋은 몸이다.

게다가 일반적이지도 않다. 수차례에 걸친 바디체인지의

결과 평범한 사람들보다 월등한 힘을 내는 근육이다.

방금 전 현수는 각자에게 딱 한 방씩을 먹였다. 혹 아니면 어퍼컷이다. 그런데 어느 누구도 맨 정신인 자가 없다.

힘 조절 실패로 모두가 기절한 때문이다.

"세상에……! 부사장님, 괜찮으세요?"

"응? 네, 아! 그럼요."

"대체 무슨 운동을 하신 거예요? 혹시 비전으로 전해지는 무술이라도 배우신 겁니까?"

구본홍의 물음에 현수는 고개를 좌우로 저었다.

"그런 건 아닌데……. 이놈들 되게 약하네요. 그냥 툭 친 것뿐인데 다들 왜 이러죠?"

실제로도 툭 친 것이 맞다. 다만 강도가 셀 뿐이다.

조지 포먼(George Foreman)이라는 복싱선수가 있었다. 1949년생이니 올해 65세이다.

조지 포먼은 20살에 데뷔하여 4년 만에 세계 헤비급 챔피언이 되었다. 28세 때 은퇴했다가, 38살의 나이에 복귀했다.

이후 홀리필드와의 경기 전까지 24연승을 기록하였고, 45살엔 다시 세계 헤비급 챔피언이 된 선수이다.

복싱에 대해 잘 아는 사람들에게 물으면 지구 역사상 가장 강력한 하드펀처로 조지 포먼을 꼽는다.

한동안 링을 장악했던 핵이빨 마크 타이슨도 조지 포먼에겐 한 수 밀리는 것이다.

조금 전 현수의 펀치는 조지 포먼의 전성기 때 그것보다 조금 더 강했다. 힘은 뺀다고 뺀 건데 그러하다.

만일 전력을 다해 휘둘렀다면 기절이 아니라 몸이 뚫렸을 것이다. 그랜드 마스터이니 당연한 일이다.

아무튼 억시모프 패거리 열 명 모두 플로어에 기절한 채 엎어져 있거나 자빠져 있다.

고막을 울리던 음악도 멈췄다. 클럽 안엔 200명 이상이 있지만 바늘 떨어지는 소리도 들릴 정도로 고요하다.

말도 안 되는 장면이 눈앞에 벌어졌기 때문이다.

억시모프 패거리는 이 구역을 주름잡는 레드마피아 단원이다. 사람들은 시선이 마주치는 것조차 꺼려할 정도로 악명이 높다. 툭하면 폭력을 휘두르기 때문이다.

억시모프도 그렇지만 자빠져 있는 나머지 아홉 명도 결코 만만한 놈들이 아니다. 하루 종일 체육관에서 체력 단련 및 격투기 훈련을 하고 저녁때가 되면 어슬렁거리며 먹이를 노리는 하이에나처럼 여기저기를 돌아다니는 놈들이다.

강도짓은 하지 않지만 가게들로부터 보호비를 뜯고, 마음에 드는 여인이 있으면 끌고 가서 욕심을 채운다.

경찰에 신고해 봤자 소용이 없다. 경찰은 레드마피아와의 마찰을 꺼려한다. 그리고 거의 한통속이기 때문이다.

다시 말해 억시모프는 이 동네의 밤을 지배하는 깡패들의 두목이다. 경찰도 건드리지 못하던 패거리인데 정체를 알 수 없는 동양인에게 맞아 모두가 기절해 있다.

"소, 손님……!"

지배인쯤 되는지 제법 나이 든 사내가 다가와 있다. 40대 중반쯤으로 보이는데 몹시 당황한 표정이다.

현수는 정장 차림인 사내에게 당위성을 이야기했다. 국내가 아닌 국외이기 때문이다.

"이놈들은 내 일행에게 폭력을 행사했고, 내게도 그러려 해서 어쩔 수 없이 행한 정당방위였습니다."

"네에, 압니다. 그보다 어서 여길 뜨십시오."

지배인은 현수와 일행을 진심으로 걱정하는 표정이다. 혼절에서 깨어난 뒤 어떤 짓을 저지를지 모르기 때문이다.

"근데 이놈들은 대체 어떤 놈들입니까?"

"네? 이놈들은… 한마디로 표현하자면 정말 나쁜 놈들입니다. 레드마피아 단원이구요."

"그렇군요."

현수는 고개를 끄덕였다. 스테파니에게 서슴지 않고 폭력을 행사했기에 그럴 거라 생각했던 것이다.

"어서 가십시오. 이쪽은 우리가 알아서 처리하겠습니다."

말을 마친 지배인이 대기하고 있던 웨이터들에게 손짓을

하자 일제히 달려들어 놈들을 끌고 간다.

대부분 덩치 큰 녀석들이라 들을 수가 없는 것이다. 이 모습을 바라보는 지배인은 두 손을 비비고 있다.

불안 초조함을 나타내는 몸짓이다.

지금이야 기절한 상태이니 별문제가 없지만 녀석들이 깨어나면 어떤 일이 벌어질지 알 수 없기 때문이다.

"…일단 좀 앉겠습니다."

"그냥 가시는 것이……."

현수가 말을 이으려는 지배인을 보고도 몸을 돌려 테이블로 돌아가자 나머지 일행 역시 따른다.

"고마워요! 회장님."

"고맙긴… 내 일행이니 당연히 내가 보살펴야지."

"죄송해요."

"죄송하긴……. 놈들이 잘못된 거지 스테파니에겐 잘못 없어요. 그러니 마음 편히 먹어요."

둘이 대화하는 동안 다시 음악이 터져 나온다. 싸움은 싸움이고 영업은 영업이기 때문이다.

"손님! 지배인께서 어서 가시는 것이 좋을 것 같다고……. 계산은 안 하셔도 된다고 합니다."

처음 현수를 안내했던 웨이터가 한 말이다.

"그래요? 알았습니다. 그런데 조금 전에 레드마피아 단원이라고 했죠?"

"네! 억시모프 패거리라고 이 구역을 장악한 레드마피아의 행동대원들 맞습니다. 아주 나쁜 놈들이죠."

"흐음! 나쁜 놈들이라."

"네! 그러니 얼른 떠나는 게 좋을 겁니다. 한 번 물면 놓지 않는 아주 지독한 놈들이거든요."

"흐음! 레드마피아라."

현수가 나직이 중얼거릴 때 박진영과 구본홍의 안색은 창백해지고 있다.

현수가 아제르바이잔에 대한 조사를 지시했을 때 레드마피아가 어떤 조직인지 알아본 바 있기 때문이다.

레드마피아가 있는 곳에서 사업을 하려면 그들과의 연계가 필수적이다. 안 그러면 업무 진행에 차질이 빚어지기 때문이다.

구 소련에 속했던 나라 거의 대부분이 이러하다.

아제르바이잔 정부와 계약한 공사라 할지라도 일정 부분은 그들의 몫으로 남겨둬야 한다. 안 그러면 자재수급이랄지 노동자 확보 등에서 어려움을 겪을 것이기 때문이다.

심할 경우엔 공사현장으로 가는 길조차 여의치 않을 수 있다. RPG와 기관총으로 무장한 조직원들이 노리는데 어찌 진입할 수 있겠는가!

이런저런 내용을 알기에 박진영과 구본홍은 얼른 도망가야 한다 생각했다. 천지건설 직원이라는 것이 알려지면 기 계약된 유화단지 공사부터 난항을 겪을 것이기 때문이다.

"사, 사장님! 가, 가시죠."

"네! 얼른 가는 게 좋을 거 같습니다."

말을 마친 박진영은 스테파니에게 시선을 준다. 어서 소지품을 챙기라는 뜻이다.

"그런데 어쩌죠? 제가 이 호텔에 투숙한 걸 알아요."

억시모프가 스테파니에게 처음으로 말을 걸었을 때 외국인이라는 걸 들켰다. 아제르바이잔어를 전혀 알아듣지 못했던 때문이다. 하여 더듬거리며 영어로 물었다.

한국 사람들도 흔히 쓰는 표현이다.

"Hey! Miss, Where are you come from?"

이 물음에 스위스라 대답하자 여행을 왔느냐고 물었다. 하여 고개를 끄덕여주자 어느 호텔에 머무느냐고 물었다.

이에 스테파니는 손가락으로 위를 가리켰다. 나이트클럽이 있는 이 호텔이라는 뜻이다. 이는 호텔의 보호를 받는다는 뜻이니 함부로 굴지 말라는 뜻이기도 했다.

물론 이런 상황이 빚어질 것이라곤 전혀 예상치 못했다.

방금 스테파니가 무슨 말을 했는지 현수에게 물었던 박 과장이 버럭 소리를 지른다.

"그걸 왜……?"

레드마피아가 들이닥쳐 투숙객 명부를 보자고 하면 호텔에선 거절치 못할 것이다. 안 그러면 심각한 영업 방해가 예상되기 때문이다.

지금 당장 이 호텔을 떠도 스테파니가 현수의 자가용 제트기 승무원이라는 건 파악될 것이다.

"어떻게 해요?"

"괜찮아요. 내가 알아서 할게요."

현수는 스테파니에게 안심하라는 표정을 지어 보이고는 박진영에게 시선을 준다.

"박 과장! 스테파니와 친구들을 호텔까지 안내해 줘요."

"네? 어, 어쩌시려구요?"

"여기 일은 내가 알아서 합니다. 여기 장관님들과 통화를 해서라도 해결을 볼 테니, 어서 가요. 어서요. 놈들이 오면 몸을 빼는 것도 여의치 못할 수 있으니까요."

"아, 알겠습니다."

일행 모두가 빠져나간 것을 확인한 현수는 억시모프 패거리가 있는 곳으로 안내를 부탁했다.

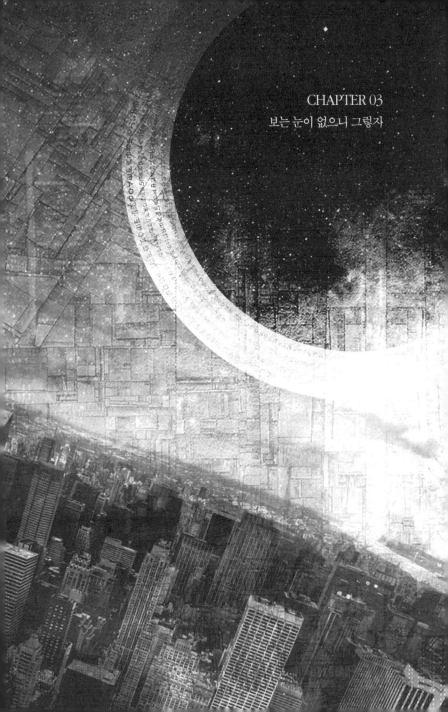

CHAPTER 03
보는 눈이 없으니 그림자

웨이터는 몹시 불안해하면서도 현수를 내실로 안내했다.

"여깁니다. 지금쯤 깨어났을 겁니다."

"알았어요, 내가 알아서 할 테니 가서 일 보세요."

"그래도 어떻게……?"

제법 팁을 많이 줘서 그런지 웨이터는 진심으로 걱정하는 표정이다.

"아까 봤잖아요. 이런 녀석들 다루는 데 이골이 났으니 걱정 말고 가서 일 보세요."

말을 마친 현수가 문을 열고 들어서는데 혼절에서 깨어나 어찌 된 영문인지 생각하던 억시모프와 시선이 딱 마주쳤다.

"어라! 너는……?"

벌떡 일어나 한바탕하려던 억시모프는 일행 전부가 현수에게 당했음을 상기하고는 말끝을 흐린다.

"내게 맞은 게 억울해? 억울하면 기다려 주지."

"무슨 소리야?"

"지금부터 30분 주지. 네가 동원할 수 있는 인원 전부를 동원해. 권총이나 기관총을 가져와도 괜찮아. RPG를 가져와도 되고, 탱크를 끌고 와도 돼!"

"미친……! 무슨 소리야?"

영화에나 등장하는 아이언맨 또는 슈퍼맨이라면 모를까 맨몸으로 어찌 총탄 등을 감당해 내겠는가!

보아하니 현수는 말쑥한 슈트 차림이다. 가슴이나 옆구리를 봐도 권총 같은 걸 감춘 건 아닌 듯하다.

그럼에도 너무 당당하자 이상하다 여긴 것이다.

"혹시, 노보로시스크의 지르코프라고 혹시 알아?"

"미친……! 지금 족보 파는 거야? 그리고 노보로시스크에 있는 놈을 내가 어떻게 알아?"

아제르바이잔의 수도 바쿠에서 노보로시스크까지는 직선거리로 따져도 1,000㎞가 넘는 곳이다. 게다가 둘 사이엔 거대한 카프카스(Caucasus)산맥이 있다.

러시아의 우랄(Ural)산맥이 동양과 서양을 가르는 경계선 역할을 한다면 아제르바이잔 북부에 위치한 카프카스는 유럽과 아시아를 경계한다 할 수 있다.

이 산맥에는 유럽 최고봉인 엘부르스(5,642m)가 있으며 높이 5,000m가 넘는 준봉도 다섯 개나 있다.

따라서 바쿠와 노보로시스크는 육로 통행이 쉽지 않다. 그렇기에 억시모프는 이상한 놈 다 본다는 표정이다. 족보를 팔아도 근처에 있는 놈을 팔아야 알아들을 것이기 때문이다.

그러거나 말거나 현수는 여전히 태연자약하다.

"윗선에 전화해서 확인해 봐. 지르코프가 누군지."

"윗선? 가만……! 방금 지르코프라고 했나?"

어디선가 들어본 듯한 이름이라는 표정이다.

"그래! 지르코프. 내 친구지. 연락되거든 김현수가 누군지 물어보도록!"

"친구? 김현수? 좋아, 기다려봐."

억시모프는 품속의 휴대폰을 꺼내 번호를 누른다.

누군가 전화를 받자 노보로시스크의 지르코프가 누군지 알아봐 달라고 했다. 상대방의 왜 그러느냐는 물음에 클럽에서 시비가 발생되어 조직원들이 폭행당했음을 이야기한다.

상대방의 음성을 들어보니 즉시 조직원을 보낼 테니 꽉 붙잡고 있으라고 한다. 그러면서 조직의 명예를 해쳤다며 비아

낭거린다.

억시모프는 이 대목에서 할 말이 없다는 듯 알았다고만 하고 전화를 끊었다. 통화를 마친 억시모프는 뒷주머니에 전화를 넣으려 한다. 이때 현수의 음성이 있었다.

"아까도 말했지만 확인되기 전까진 가지 않을 테니 괜한 수작 부리지 마."

억시모프는 대답 대신 고개만 끄덕인다. 이때 현수가 다시 입을 열었다.

"총 꺼내 봐야 소용없을 거야."

"……!"

"헤이스트!"

"으앗!"

홱, 철컥! 티팅팅팅팅팅!

상황은 순식간에 벌어졌다.

억시모프가 뒤춤에 차고 있던 리볼버 권총을 뽑아 드는 순간 현수의 신형은 잔상을 남길 정도로 빠르게 움직였다.

그 결과 억시모프는 방아쇠에 손을 얹기도 전에 권총을 빼앗겼고, 바로 다음 순간 약실에 있던 총알 여섯 개 모두가 바닥에 떨어져 나뒹군다.

가히 섬전과도 같은 움직이다.

"봐! 내가 소용없다고 했잖아."

빈총을 건네자 억시모프는 얼떨결에 받기는 하는데 멍한 표정이다. 방금 어떤 일이 빚어졌는지 순간적으로 이해되지 않은 때문이다.

"못 믿겠으면 총알 주워서 다시 넣어봐."

"…알았다."

현수의 자신만만한 표정을 읽은 억시모프는 들었던 권총을 내린다. 자신이 상대할 사람이 아님을 인정한 것이다.

이 정도로 몸놀림이 빠르고 정확하다면 열이 덤벼도 질 것이란 생각을 하곤 고개를 끄덕인다.

이때 억시모프의 휴대폰에 진동한다.

우우우우웅! 우우우우웅!

"전화 왔잖아. 받아야지."

"…웅! 그래. 나야."

번호 확인 후 전화를 받은 억시모프의 표정이 시시각각으로 변한다.

"뭐어? 저, 정말? 그게 진짜야? 헐……! 웅, 으웅! 알았어. 그래, 알았다고. 그래, 그래!"

시선은 내내 현수에게 고정되어 있었지만 놀랍다는 표정과 믿을 수 없다는 표정 등 그야말로 다양한 얼굴로 변한다.

통화를 마친 억시모프가 눈을 크게 뜬 채 바라본다.

"저, 정말이십니까?"

눈빛, 어투, 표정, 몸짓까지 모든 게 바뀌었다.

"확인했어? 그럼 가도 되지? 내 일행이 불편해하지 않도록 해줬으면 좋겠어."

"무, 물론입니다. 그, 그런데 그냥 가시면……."

"왜?"

"저, 저희 보스께서 보스를 뵙겠다고 출발하셨답니다."

방금 전 통화에서 억시모프는 새롭게 각성되는 느낌을 받았다. 현수가 레드마피아 전체 서열 10위이고, 모스크바의 지배자가 지목한 후계자라는 소리였다.

자신이 하늘처럼 여기던 보스마저 충성을 맹세해야 할 존재라는 뜻이다.

현수는 분명 동양인이다. 그리고 전혀 마피아 단원답지 않게 생겼다. 그럼에도 너무 어마어마한 신분이라니 아주 조심스런 표정이다.

"한참 기다려야 하나? 나도 가서 쉬어야 하는데."

"그, 그럼 어디에 묵으시는지 말씀하시면……."

"포시즌스 스위트룸."

윌리엄 기장과 스테파니가 머무는 호텔이 4성급이라면 포시즌스는 5성급이다.

현수는 오늘 이 호텔 스위트룸을 쓸 예정이다.

아제르바이잔 정부가 제공하는 것으로 하룻밤 숙박비만

한화로 약 340만 원 정도 된다.

박진영과 구본홍은 이보다 두 단계 아래인 프리미어 룸을 쓴다. 그래도 1박에 110만 원 정도 되는 호사스런 룸이다.

아무튼 현수의 어투는 아랫사람을 대하는 것으로 바뀌어 있다. 그럼에도 억시모프는 조금의 불만도 없다.

오히려 전전긍긍하는 중이다. 자신의 보스보다도 높은 사람과 그 일행에게 무례를 범한 때문이다.

하여 고개를 들어 시선조차 마주치지 못하고 있다. 그러다 문득 떠오른 생각이 있어 흠칫거린다.

'아까 그 몸놀림! 서열 10위가 괜한 말이 아니었구나. 제기랄! 난 사람 보는 눈이 너무 없어. 그러니 당해도 싸다.'

억시모프는 본인의 잘못을 깨닫고는 주억거린다[4].

괜히 서열 10위가 아니라 생각한 것이다. 그러고 보니 권총이든 기관총이든 들고 와 보라고 하였다. 그래도 상대할 자신이 있다는 뜻이었음을 이제야 깨달은 것이다.

"내게 용무가 있으면 호텔로 오라고 해."

"네! 알겠습니다. 보스!"

억시모프가 90도로 허리를 숙일 때 현수는 문을 열었다.

"……!"

문밖엔 약 10여 명의 사내가 있었다. 문이 열리고 현수가

---

4) 주억거리다 : 고개를 앞뒤로 천천히 끄덕거리다.

나오자 모두가 놀란 표정으로 한 발짝 물러선다.

"괘, 괜찮으십니까?"

지배인이 현수의 위아래를 살핀다. 무슨 일이라도 당한 건 아니냐는 표정이다.

"아! 괜찮습니다. 원만하게 매듭지어졌으니 걱정 안 해도 됩니다. 가서 일 보십시오."

"휴우! 다행입니다. 혹시 손님의 신상에 문제가 있을까 싶어 걱정했었습니다."

진심으로 걱정을 해준 듯한 표정과 어투였다.

"고맙습니다. 신경 써주셔서. 그나저나 억시모프 패거리가 여기서도 보호비를 받아갑니까?"

"네? 아, 네에. 그건 관행이지요."

지배인은 영업적 수익을 우선으로 여기지만 클럽 전반이 원활하게 유지되도록 하는 책무 또한 맡고 있다.

이 클럽은 현재 필요로 하는 각종 식자재와 주류 등을 억시모프 패거리가 지정한 업자와 거래하고 있다.

품질은 나쁘지 않지만 납품가가 높은 게 흠이다.

그래도 어쩌겠는가!

그 업체와 거래를 끊으면 영업상 막대한 지장이 초래된다.

아무튼 이 클럽의 영업이익 중 15% 정도가 억시모프 패거리에게 가고 있다.

그걸 보호비라 생각하고 감수하는 중이다.

거래 대금은 매주 1회 억시모프에게 지급된다.

오늘이 그날이라 이 클럽에 온 것이다. 지급받은 돈 중 실비를 제외한 나머지를 챙기는 한편 공짜로 한잔하곤 했다.

그러다 오늘처럼 눈에 드는 계집이 있으면 재미도 봤다.

클럽에선 감히 뭐라 할 수가 없다. 그랬다간 극심한 경영난을 겪게 된다는 것을 알기 때문이다.

어쨌거나 밖으로 나왔던 현수는 다시 안쪽으로 들어가 억시모프에게 시선을 주었다.

"억시모프!"

"네? 아, 네에."

"앞으로 이 클럽에선 보호비를 받지 않았으면 하네!"

"…아, 알겠습니다. 그렇게 하겠습니다."

억시모프는 얼른 허리를 숙인다. 여기서 뜯어낸 보호비 중 80% 정도는 상납된다. 나머지 20%는 활동자금으로 쓴다.

적은 액수는 아니지만 없어도 궁색해지진 않는다. 다른 데서 뜯는 돈도 많기 때문이다. 명품으로 온몸을 휘감을 정도는 못되지만 빈티 나지 않게 치장할 정도는 된다.

대부분 그러하듯 별 힘 들이지 않고 번 돈이기에 쉽게 나가는 게 흠이라면 흠일 뿐이다.

쿵—!

문을 닫고 돌아서자 지배인과 웨이터들이 다시 한 번 직각으로 허리를 꺾는다.

"감사합니다."

"또다시 보호비를 뜯어내려 하면 후세인굴루 바기로프 장관에게 연락하십시오."

"네? 누구요? 후, 후세인굴루 바기로프 환경천연자원부 장관님 말씀이십니까?"

지배인이 몹시 놀란 표정을 짓는다. 갑자기 실세 장관의 이름이 튀어나왔으니 그러할 것이다.

놀란 표정을 짓거나 말거나 현수의 말이 이어진다.

"네! 한국의 김현수에게 이야길 전해달라고 하면 됩니다."

"김현수요? 그, 그럼……? 아아! 영광입니다."

상기된 표정이 된 지배인은 뒤에 있던 웨이터에게 종이와 펜을 가져오라는 손짓을 했다. 하지만 웨이터는 무슨 뜻인지 알아듣지 못한 표정을 짓는다.

답답했는지 지배인이 소리친다.

"이런 답답이……! 얼른 가서 종이와 펜을 가져오라고."

"네? 갑자기 그건 왜……?"

여전히 왜 그러는지 이해 안 된다는 표정이다.

"이런, 바보 멍청이! 축구의 신이잖아. 어서, 어서! 빨리 가서 종이와 펜 가져와. 이제 알아들었나?"

"네? 아, 네에."

지배인이 버럭 소리를 지르자 웨이터는 황급히 물러난다.

그런데 아제르바이잔어로 축구의 신은 Futbol Allah이다.

이 소리를 들은 웨이터들은 일제히 눈을 크게 뜬다. 그리곤 현수를 바라본다.

"아! 맞아. 축구의 신!"

"우와! 진짜다! 종이, 종이와 펜이 필요해."

현수의 얼굴을 확인한 웨이터들이 우르르 몰려간다. 물론 종이와 펜을 가지러 가기 위함이다.

이곳 아제르바이잔에도 축구리그가 있다. 아제르바이잔 프리미어리그가 그것이다. 대부분의 유럽인이 그러하듯 이 곳 사람들도 축구를 즐긴다는 뜻이다.

조금 전의 어리바리했던 웨이터를 제외한 대부분이 현수의 축구 동영상을 보았다. 그렇기에 얼굴을 확실히 기억하는 것이다.

"이런……!"

현수는 곧바로 나갈 수 없음을 깨달았지만 표정을 바꾸진 않았다. 나이트클럽의 지배인과 웨이터들이지만 입소문의 근원이 될 수 있는 존재들이기 때문이다.

잠시 후, 현수는 모든 웨이터에게 게 사인을 해주었다.

그런데 인원이 많은 것 같아 고개를 들어보니 쿵쾅거리던 음악이 꺼져 있다.

그리고 웨이터들의 뒤엔 모든 손님이 줄서 있다.

춤도 좋지만 축구의 신으로부터 사인을 받으려는 것이다.

사내들과는 사인을 해주고 악수를 했고, 아가씨들과는 포옹까지 해야 했다. 그걸 원한 때문이다.

한참이 지난 후에야 클럽을 나선 현수는 나직이 중얼거렸다.

'이거야 원! 다시는 클럽 가지 말아야지.'

*   *   *

똑, 똑, 똑!

"네에, 문 열려 있습니다."

샤워를 마치고 나온 현수는 수건으로 젖은 머리를 말리며 소리쳤다.

문이 열리고 제법 장대한 체격의 사내와 두 명의 수행원이 들어선다.

"인사드립니다. 나미크 압둘라이에프라 합니다."

"나미크 압둘라이에프 씨요? 처음 뵙는군요?"

"네! 저는 아제르바이잔의 조직을 책임지고 있습니다. 아랫것들이 보스께 무례를 저질렀다 하여 이렇게 사과의 말씀을 드리고자 찾아왔습니다."

"아……! 역시모프요? 놀다 보면 그럴 수 있는 일이지요. 자, 일단 앉으세요. 저는 옷 좀 갈아입고 나오겠습니다."

상대는 정장 차림인데 샤워가운만 입었으니 한 말이다.

"네! 감사합니다. 보스!"

나미크 압둘라이에프는 자리에 앉은 후 눈짓으로 수행원들로 하여금 나가게 하였다.

조직의 일로 전쟁을 벌이러 온 것이 아니기 때문이고, 감히 그럴 수도 없는 상대이기 때문이다.

잠시 후, 현수는 캐주얼하면서도 튀지 않는 복장으로 갈아입고 나왔다.

"미스터 압둘라이에프! 제가 룸서비스를 부탁했습니다. 괜찮죠?"

"물론입니다, 보스!"

조금 전에도 '보스'라는 호칭을 썼고 지금도 그러하다. 확실하게 현수를 윗사람 대접하는 것이다.

"역시모프에게 나이트클럽으로부터 받는 보호비를 받지 말라고 했습니다."

"그건 보스의 뜻대로 될 겁니다."

왜 그랬느냐는 물음조차 없이 크게 고개를 끄덕인다.

"혹시 아는지 모르겠습니다만 러시아에선 음지의 조직이 차츰 양지로 나오고 있습니다."

"네! 알고 있습니다. 드모비치 쉐리엔과 드모비치 모터스, 그리고 지르코프 상사가 요즘 호황이라 하더군요."

압둘라이에프는 잘 안다고 크게 고개를 끄덕인다.

이 이야기를 처음 들었을 때는 마피아가 무슨 살 빼는 약과 자동차, 그리고 옷을 파나 싶었다.

그런데 내용을 알아보니 무기밀매나 마약밀매, 인신매매, 고리대금업보다도 훨씬 낫다. 게다가 떳떳하기까지 하다.

쉐리엔은 유럽 전체에서 선풍적인 인기를 끄는 다이어트 보조제이다. 아무런 부작용 없이 살을 빠지게 하니 여자들이 환장을 한다. 하여 결혼 예물로 쉐리엔을 주는 집도 있다.

허리가 '배둘레햄'이 된 사내도 많이 찾는다. 운동하지 않아도 살이 빠지니 너도나도 사서 모으는 지경이다.

조만간 품절 사태가 예상되기 때문이다.

드모비치 모터스에서 판매하는 스피드는 유지비가 거의 들지 않은 초경제적 자동차이다.

대량생산이 개시되면 세계 TOP 1의 자리를 갖게 될 것이며, 국제 유가를 하락시킬 수도 있다는 평가이다.

결코 저렴하지 않음에도 없어서 못 판다. 소문에 의하면 현재는 계약 후 1년을 대기해야 차를 받을 수 있지만 이 기간은 점차 늘어날 것이라 한다.

파는 사람 입장에선 엄청 남는 장사일 것이다.

지르코프 상사에서 파는 항온의류는 압둘라이에프 본인도 몇 벌 가지고 있다. 효능은 이미 체험했다.

새로운 디자인이 나오면 무조건 사려고 벼르는 중이다.

정식으로 들여온 것이 아니라 노보로시스크나 모스크바 같은 러시아 대도시를 다녀온 사람들이 보따리 장사처럼 가져다 파는 것이다.

이것 역시 없어서 못 파는 물건이다.

압둘라이에프는 음지보다는 양지가 낫다는 걸 잘 알고 있다. 하지만 그럴 수 없어서 음지에 머무는 중이다.

그렇기에 러시아의 조직들이 몹시 부러웠다.

자세히 알아보니 이 모든 것의 배후엔 김현수가 있다. 세계 최고의 IQ를 가진 사람이며, 축구의 신이다.

게다가 웬만한 나라보다도 큰 자치령을 몇 개씩이나 가진 사람이다.

러시아에선 밤의 황제 이바노비치의 사위이며, 낮의 제황인 푸틴과는 막역한 친분이 있다.

실세 총리 메드베데프의 목숨을 구해주면서 맺어진 인연이라 전폭적이다 못해 가족처럼 대한다고 했다.

압둘라이에프 본인은 아제르바이잔의 조직 전체를 장악하고 있지만 현수와 견줄 수 없음을 명확히 인지하고 있다.

그런데 현수에게 선을 댈 수만 있으면 음지를 탈출하는 것이 어렵지 않을 듯싶다. 하여 만날 수만 있다면 어떠한 대가라도 마다하지 않겠다고 생각했다.

눈에 넣어도 아프지 않을 자식들 때문이다.

압둘라이에프에게는 딸이 셋 있는데 남자친구를 가져 본적이 없다. 한국식으로 따지면 초등학교 때부터 그러하다.

아빠의 신분을 알게 되면 도망가기에도 바쁘기 때문이다.

레드마피아의 조직원들은 가난하고, 무식하며, 무지하다. 하여 엄청 잔인한 일을 많이 저질렀다.

팔다리를 자르거나 수급을 베어 배달시킨 적도 많다.

심기를 거스르면 그런 잔인함의 대상이 될 수도 있는데 누가 접근하겠는가!

아예 접근부터 차단하는 것이 상수이다. 하여 압둘라이에프의 세 딸은 철저히 왕따당하고 있다.

조직원들을 보내 은근한 위협도 해보았지만 상황만 더 악화되었을 뿐이다. 그나마 친하게 지내던 계집아이들조차 딸들과 거리감을 유지하려 모두 떨어져 나갔던 것이다.

고등학생인 큰딸은 졸업 후 쓸 만한 녀석을 만나 결혼도 해야 하는데 골치가 아프다. 딸과 평생을 같이하겠다는 녀석이 없을 것 같아서이다.

그렇다고 무식한 조직원들에게 딸을 줄 생각은 전혀 없다.

딸 가진 아빠가 다 그러하듯 진짜 괜찮은 녀석과 짝 지워

주고 싶지만 어둠 속에 있는 한 요원한 일일 것이다.

어쨌거나 오늘 억시모프 패거리로부터 연락이 있었다.

본인이 직접 통화한 것이 아니라 밑에 있는 놈이 받은 전화이다.

평상시엔 매달 한 번 상납금을 보낼 때만 통화를 했었다.

전화를 건 억시모프는 지르코프라는 놈이 어디서 뭐하는 자식이냐고 물었다고 한다. 자신조차 쩔쩔매야 하는 인물을 찾았다는 말에 깜짝 놀라 무슨 상황인지를 확인토록 했다.

·그런데 아주 황당한 보고를 받았다.

본인이 장악하고 있는 나이트클럽에서 일반인과 시비가 붙었고, 조직원 전부가 기절했다고 한다.

더 자세한 정보를 확인해 보자 지르코프보다도 서열이 높은 사람과 시비가 붙어 주먹다짐을 벌였다.

당연히 대경실색할 일이다. 다행히도 억시모프 패거리가 일방적으로 얻어맞았다고 하자 그제야 안도의 한숨을 쉬었다. 무례의 정도가 그마나 경미하다 생각한 것이다.

압둘라이에프는 본인이 뵈러 갈 것이니 절대 무례히 굴지 말고 있으라고 하곤 후다닥 달려온 것이다.

현수는 압둘라이에프가 무엇을 원하는지를 가늠해 보았다.

겸손 떨고 있지만 한 조직의 수장이다.

함부로 거동하지 않으니 같은 조직에 몸담고 있는 사람끼리 인사나 하러 온 것만은 아닐 것이다.

하여 의향을 떠보려 말을 걸었다.

"상트페테르부르크의 보스도 음지보다는 양지쪽이 낫다는 말씀을 하신 것으로 알고 있습니다."

"저도 그 말을 들었습니다."

동감한다는 듯 크게 고개를 끄덕인다.

"천지건설이 이곳에서 큰일 몇 개를 수행할 겁니다."

압둘라이에프는 머리가 좋아 무슨 뜻인지 안다는 듯 얼른 고개를 숙인다.

"무엇이든 전폭적으로 돕겠습니다."

"많은 일꾼이 필요할 것이고, 그들을 관리하는 사람도 많이 있어야 합니다."

조폭더러 현장 일을 하라는 것은 아닐 것이니 조직에서 사람 다루는 일을 하라는 뜻이다.

"맡겨만 주시면 잡음 없이 공사가 진행되도록 최선을 다하겠습니다."

압둘라이에프의 표정은 밝아졌다.

어쩌면 딸이 평범한 사내와 결혼하는 모습을 곧 볼 수도 있을 것이란 생각을 한 것이다.

*　　　　*　　　　*

"어서 오십시오."

"네! 오랜만에 뵙습니다."

비아니 아자한은 환히 웃는 낯으로 현수를 맞이했다.

"차를 준비했습니다. 이쪽으로……."

"네, 감사합니다."

대통령 비서실장의 정중한 안내를 받아 가는데 뒤따르던 박진영 과장이 나직한 음성으로 묻는다.

"그런데, 부사장님! 저분은 누구신지요?"

"에티오피아 대통령님의 비서실장이에요."

"네에? 뭐라고요?"

놀란 나머지 음성이 다소 높았기에 앞서 가던 비아니 아자한이 뒤를 돌아보며 왜 그러느냐는 표정을 짓는다.

"대통령 비서실장께서 직접 공항까지 나오셨다고 하니 이 친구가 몹시 놀란 모양입니다."

둘의 대화는 에티오피아 공용어인 암하라어이다.

당연히 박진영과 구본홍은 알아들을 수 없다. 그렇기에 또 무슨 대화를 나눴는지 궁금하다는 표정이다.

"박 과장이 놀랐다고 하니 웃는군요."

실제로 비아니 아자한 비서실장은 환히 웃고는 다시 앞장을 섰다.

전에는 국정의 대부분을 총리가 도맡았다. 정치구조로 의원내각제를 채택한 때문이다. 따라서 대통령은 허울뿐이라 해도 과언이 아닌 자리였다. 그러니 여러 국빈이 방문했어도 대통령 비서실장이 관여할 일이 없었다.

어쨌거나 비아니 아자한이 이렇듯 직접 걸음을 한 이유는 대통령이 권력의 중심에 있기 때문이다.

에티오피아에서 현수의 위상은 날이 갈수록 커지고 높아지는 중이다. 이전엔 천지약품이 진출하여 의료분야에 개혁의 바람을 불어넣는 역할 정도였다.

그런데 지금은 아니다.

이미 국무회의 의결을 거쳐 조차지를 제공하기로 했다.

이웃 나라인 콩고민주공화국이 선례를 보였기에 의회승인 절차 때에도 치열한 설전 같은 건 없을 것이다.

그 결정적 이유는 현수 때문이다.

국무회의 의결 직후 '코리안 빌리지의 성자'가 에티오피아의 발전과 안녕을 위해 초대형 농장을 설립하려 한다는 소문이 번졌다. 누군가가 회의 내용을 발설한 것이다.

독재를 일삼던 멜레스 제나위 전 총리가 죽은 후 대통령은 빠르게 권력을 장악했다.

그리곤 의원내각제를 대통령 중심제로 정치구조를 바꾸었다. 이 과정에서 부정부패를 일삼던 의원과 관료들은 대거 떨려 나갔다.

구조적 문제가 있던 부분은 혁파되고 있으며, 진취적인 의견을 받아들여 날마다 새로운 과업이 생겨나는 중이다.

처음엔 야당 인사들도 환영했다. 눈에 가시 같던 부정부패한 놈들을 발본색원하는데 어찌 싫다 하겠는가!

하지만 의원 및 고위직 관료 중 거의 절반이 잘려 나가자 의심의 눈초리를 보냈다. 전 총리인 제나위의 사람들을 모두 내보내고 그 자리를 기르마 올데 기오르기스 대통령의 사람들로 채워 넣는 것으로 보인 때문이다.

곧 새로운 독재가 시작될 것이라 여긴 것이다.

하여 환영하던 태도를 바꿔 하나하나 따지는 야당 본연의 자세로 되돌아갔다. 뿐만 아니라 의혹이 있는 부분은 철저한 해명을 요구하기도 했다.

때론 개혁에 대한 반대의견을 내놓고 격렬한 성토까지 행했다. 하지만 대통령은 외눈 하나 깜박이지 않고 국가개조를 가속화하는 중이다.

반대 여론도 일리가 있지만 일일이 논리적인 설명을 하고 일을 진행하려다간 임기 내에 개조작업 완수가 힘들다 여긴 때문이다.

어쨌거나 요즘의 에티오피아 정국은 날카롭게 대립하는 형국이다. 국정을 운영하는 데 있어 걸림돌이 많은 상황인 것이다. 그래서 슬쩍 국무회의 내용을 흘렸다.

언론은 물론이고 야당 또한 이실리프 그룹에 아와사 지역을 200년간 조차하는 것에 대해 별다른 이견을 내지 않았다.

코리아 빌리지의 성자가 하는 일이기 때문이다.

이 일을 반대하면 야당은 서민 및 극빈층의 표를 거의 모두 잃을 수도 있을 것이다.

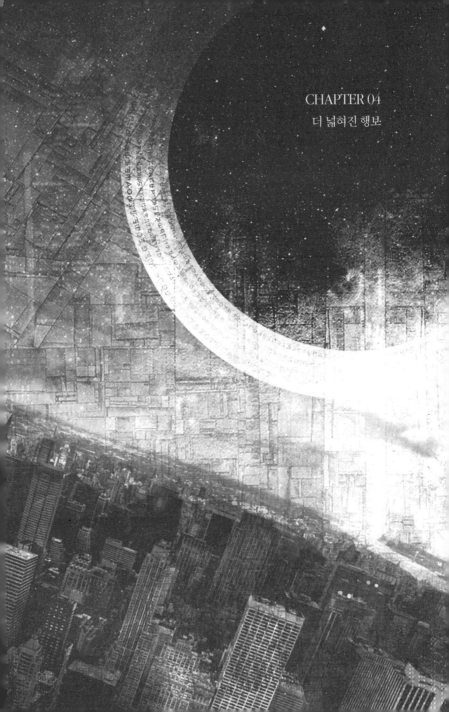

CHAPTER 04
더 넓혀진 행보

현재 현수와 이춘만 사장은 에티오피아 국적도 가지고 있다. 명예국적이 아니라 실질적인 것이다. 따라서 내국인에게 조차지를 부여하는 형식이 되었음에도 반대 의견을 안 낸다.

현재 에티오피아의 도시 내 실업률은 무려 70%나 된다. 10명 중 7명이 직업이 없어 놀고 있다는 뜻이다.

당연히 가난한 이가 널려 있다.

이실리프 자치령이 들어설 경우 실업률은 상당 부분 해소될 것이다.

자치령에 고용되는 인원도 많겠지만 아와사—아디스아바

바 간 4차선 고속도로 공사와 아와사―베르베라 간 표준궤 철도공사만으로도 엄청난 고용이 이루어질 것이기 때문이다.

혜택을 받는 이는 대부분 서민 내지 극빈층일 것이다. 그러니 야당은 반대하고 싶어도 그럴 수 없는 상황인 것이다.

기르마 올데 기오르기스 대통령은 현수와의 관계를 국정에 이용하기로 마음먹었다. 현수를 앞장세워 반대 여론을 잠재우는 방패막이로 쓸 생각인 것이다.

그래서 현수의 위상이 대폭 상승하여 비아니 아자한으로 하여금 공항에서 영접하도록 지시한 것이다.

현수는 볼레 국제공항 한편에 준비된 벤츠에 몸을 실었다. 보아하니 의전용 차량인 듯하다.

선두엔 에티오피아 국기를 단 오토바이 두 대가 달리고, 전후좌우에 각기 한 대씩 경호차량이 달린다.

후미에도 네 대의 오토바이가 따르고 있다.

두 번째 차량은 박진영과 구본홍이 탄 벤츠이고, 현수는 세 번째 차량 뒷좌석에 있다.

"많이 바쁘셨나 봅니다."

"네! 제가 벌여놓은 일이 너무 많아서… 죄송합니다. 가급적 빨리 왔어야 하는데……. 늦은 건 아니죠?'

"그럼요, 그럼요! 대통령님이 조금 기다리신 것만 빼면……. 만나시면 늦어서 미안하다는 말씀을 부탁드립니다.

사실은 언제 오시나 많이 기다리셨습니다."

"아! 네에. 죄송합니다. 꼭 사과의 말씀드리겠습니다."

"에구, 사과까지는 아닙니다. 워낙 바쁘신 분이시니 대통령님도 이해는 하십니다. 그나저나……."

비아니 아자한 비서실장은 그간에 있었던 일들과 현재의 상황을 간략히 설명해 주었다.

"…알겠습니다. 최선을 다해 돕겠습니다."

이곳을 마지막으로 방문한 것은 지난 2월 2일이다.

그때 시라즈 페게싸 셰레파 국방장관은 현수에게 한국산 무기 수출이 원만하게 이루어지도록 도와달라고 했다.

청나일강에 설치될 나흐다 댐 때문에 이집트와의 분쟁이 심각하려 우려된다는 첩보가 입수된 때문이다.

그런데 지난 두 달 사이에 상당한 변화가 있었다.

이집트가 노골적으로 나흐다 댐 건설에 딴죽을 걸기 시작한 것이다.

착실히 준비하지 않으면 좋지 않은 일이 벌어질 수도 있다. 따라서 무기 도입이 가장 시급한 일이 되었다는 것이다.

"KAI는 제가 인수했으니 최선을 다해 FA—50과 수리온 등이 납품될 수 있도록 할 겁니다. 나머지도 귀국하는 대로 다시 한 번 점검토록 하겠습니다."

현수와 은정은 방위사업청을 방문하여 수출진흥과 홍덕만

과장을 만난 바 있다.

그때 FA—50 20대, 수리온 18대, K—2 흑표 100대, 다연장
로켓포 구룡 100문, K—9 자주포 100문에 대한 수출의뢰를
한 바 있다.

이 밖에 사거리 500㎞짜리 현무—3A, 1,000㎞짜리 현무—
3B, 그리고 사거리 1,500㎞짜리 현무—3C도 각기 50발씩 수
출할 것이라 했다.

차기 다연장로켓인 천무 역시 100대가 필요하다.

뿐만이 아니라 K—2소총과 삼영 E&C에서 개발한 단파통
신체계 도입도 의뢰했다.

그때 이후 방위사업청에선 시라즈 페게싸 셰레파 국방장
관과 직접 통화하여 무기수출 의뢰 건을 확인한 바 있다.

'쩝! 제수씨 만났을 때 그걸 확인 안 했구나.'

꼼꼼한 이은정이 무기 수출에 관한 보고를 하지 않은 까닭
은 별다른 진전사항이 없었기 때문일 것이다.

'적극적으로 나서야 하는 건가?'

현수는 군 수뇌부와 우호적인 관계이다.

오정섭 국방장관을 비롯하여 송지호 육군참모총장, 강병
훈 해군참모총장, 김성률 공군참모총장 등이 그들이다.

그야말로 핵심 중의 핵심은 모두 아는 셈이다.

이들을 움직이면 무기 수출에 관한 승인은 금방 떨어질 것

이다. 문제는 각 군이 필요로 하는 것들도 수출품목에 포함되어 있다는 것이다.

'흐음, 어쩌지? 여기 수출하자고 생산라인을 늘리라 할 수는 없고, 고민이네.'

에티오피아의 사정도 있겠지만 우리 국방이 우선이다.

따라서 각군이 요구하는 무기 먼저 도입하도록 한 연후에야 수출하자는 말을 꺼낼 수 있는 것이다.

현수가 이런저런 생각을 하고 있을 때 비아니 아자한 비서실장은 계속해서 국방장관의 의중을 전했다.

급한 일이 있어 오늘 만날 수 없으므로 현수에게 꼭 전해달라고 했던 말들을 가는 길에 하고 있는 것이다.

"여어, 어서 오시게. 오랜만이네."

현수를 맞이하는 기르마 올데 기오르기스 대통령은 만면에 환한 웃음을 짓고 있다.

"네, 반갑습니다. 대통령님! 몸은 좀 어떠신지요?"

"내 몸……? 하하, 성자께서 돌봐주신 몸이니 당연히 괜찮지. 덕분에 아주 좋네. 조언한 대로 체중도 많이 줄였네. 운동도 했지만 쉐리엔의 덕이 제일 크네."

"아! 그래요? 그거 다행입니다."

"자자, 여기서 이렇게 아니라 안으로 들어가세."

이쯤 되면 더 화기애애한 분위기가 될 수 있을 것 같다. 하여 현수는 너스레를 떨었다.

"네, 그래야지요. 근데 커피 한 잔은 주실 거죠?"

"그럼, 그럼! 최고급으로 준비해 뒀네. 기대해도 되네."

"하하! 네에, 그럼 큰 기대하며 들어가겠습니다."

대통령의 안내를 받아 안으로 들어가니 여러 사람이 대기하고 있었다.

로마우 바이할 의무장관과 쥬네이디 샤또 농무장관처럼 아는 사람도 있지만 대부분이 처음 보는 인물들이다.

소개를 받아보니 내무부, 건설부, 법무부, 산업부장관 등이다. 일일이 악수를 하며 인사를 나눴다. 모두들 현수에 대한 기대가 큰지 우호적인 웃음을 지어 보인다.

"자, 일단 자리에 앉아 시급한 일부터 처리합시다."

모두가 착석하자 비아니 아자한 비서실장은 준비된 것들을 꺼내왔다.

아와사 지역을 200년간 조차한다는 조약서이다.

"내용을 읽어보시게."

"네, 그래야지요."

현수는 조약서의 내용을 꼼꼼히 살폈다.

애초에 이야기된 대로 아와사 지역 40,000㎢를 200년간 치외법권 지역으로 조차한다는 문구가 있다. 애초엔 100년을 요구했는데 콩고민주공화국 등의 선례를 참조한 듯싶다.

이에 대한 반대급부로 가능한 많은 에티오피아 국민을 근로자로 고용해야 하며, 그들이 받는 급여에 대한 세금을 원천징수 해달라고 되어 있다.

이실리프 자치령에선 단 한 푼도 세금으로 걷을 생각이 없으니 이중과세되지 않는다.

따라서 아무런 문제가 되지 않는 내용이다.

다음은 생산된 각종 산물의 처분에 관한 내용이다.

전체 생산량 중 50%까지는 에티오피아 정부에게 우선 구매권을 부여한다. 무엇을 얼마만큼 구매할 것인지는 전적으로 에티오피아 정부의 의향에 달려 있다. 어차피 적당한 이윤을 붙일 것이니 이것 역시 문제되지 않는다.

다음은 조차지의 무장에 관한 내용이다. 자치령 전체가 에티오피아 영토 내에 있으므로 군대를 가질 수 없다고 되어 있다. 다만 치안유지를 위한 최소한의 경비는 가능하다.

마지막은 극심한 가뭄 등으로 식량난이 예상될 경우 생산량 전부를 에티오피아 정부가 우선적으로 구매할 수 있도록 되어 있다. 어차피 팔려고 생산하는 것이니 이것 역시 문제될 게 아니다.

현수는 조차에 관한 문서를 꼼꼼히 읽고 사인을 했다. 대통령 역시 사인을 하고 서로의 것을 건넸다.

이로써 법률적 효력을 갖는 조약이 성립된 것이다.

마지막 과정, 그러니까 조약서에 사인을 하고 서로의 것을 건네주는 장면은 ENG카메라[5)]에 담겼다.

국가의 발전과 안녕을 갈망하는 에티오피아 국민들에게 보여주려는 의도이다.

아와사 지역을 200년간 이실리프 그룹에게 조차한다는 조약식을 마치고 잠시 쉬는 동안 자리 배치가 바뀌었다.

이제부터 프레젠테이션이 시작되어야 하기 때문이다. 임시로 사회를 맡은 이는 쥬네이디 샤또 농무장관이다.

조약식에 참석했던 모든 이는 기대에 찬 눈빛으로 농무장관에게 시선을 주고 있다.

"이제 아와사─아디스아바바간 고속도로 공사에 관한 내용을 논의합시다. 준비되어 있습니까?"

드디어 시작이다. 농무장관의 시선을 받은 현수는 크게 고개를 끄덕이곤 박진영에게 시선을 주었다.

"박 과장! 준비되어 있죠?"

"네, 부사장님!"

현수의 말이 떨어지기 무섭게 박진영 과장은 준비한 서류를 참석자들에게 분배하고, 구본홍은 빔프로젝터를 설치한다.

일련의 작업이 진행되는 동안 단상으로 나간 현수는 입구

---

5) ENG카메라 : 카메라맨이 들고 다닐 수 있도록 휴대용으로 설계되어 별도의 소형 녹화기나 카메라에 내장된 녹화기에 영상을 기록할 수 있는 카메라.

쪽에 서 있던 국장급 공무원에게 시선을 주었다. 철도와 관련된 업무를 보기에 이 자리에 참석해 있는 것이다.

"입구에 계신 분! 잠시 불 좀 꺼주시겠습니까?"

현수와 시선이 마주친 국장급 공무원이 고개를 끄덕이곤 스위치 쪽으로 이동한다.

"창가에 계신 분들은 커튼을 닫아주셨으면 합니다."

말 떨어지기 무섭게 일어나 제법 두터운 커튼을 친다.

이 자리는 정상급 회담이 열릴 때 사용되는 곳이다.

현대의 첨단 도청기술은 음파로 인한 유리창의 진동을 감지하여 어떤 대화가 오갔는지를 알아낼 수 있다.

이를 미연에 방지하기 위해 두꺼운 천으로 만든 커튼이 이중으로 설치되어 있다.

커튼이 모두가 쳐지자 빔프로젝터로부터 뻗어 나간 빛줄기 속의 먼지들이 보인다.

사람들이 많이 움직여 미세먼지가 날린 듯하다.

아무튼 커튼이 쳐지고 모든 조명 또한 꺼졌다.

스크린엔 암하라어로 쓰인 '아와사―아디스아바바간 4차선 고속도로 신설공사'라는 굵은 글씨가 떠 있다.

"지금부터 고속도로 공사에 관한 내용을 말씀드리겠습니다. 먼저 노선부터 보시지요."

화면이 바뀌면서 에티오피아 지도가 뜬다.

다음 순간 아와사 지역을 강조하는 스팟이 두 차례 반복된 후 붉은색 굵은 실선이 아디스아바바까지 그려진다.

"가칭 A—A 고속도로는 최소한의 경비로 최대한의 효과를 거두기 위해 여러 경유지를 두고 있습니다."

현수의 말이 떨어지자 중간 경유지가 된 샤세메네와 나즈렛 등이 강조되는 화면이 잠시 이어진다.

"이곳들의 공통점은 경관이 매우 뛰어나다는 것입니다. 미리 연결해 두면 관광산업에 도움이 될 듯합니다."

에티오피아 정부요직 인사들 모두 고개를 끄덕인다.

경치가 뛰어난 곳이기는 하지만 돈이 창출되지는 못하는 상황이다. 접근로가 험하고, 숙박시설이 없기 때문이다.

고속도로가 이곳을 거치고, 그곳에 숙박시설 등을 지으면 외국인 관광객들은 기꺼이 지갑을 열 것이다.

"이곳의 공통점은 태고의 아름다움이 그대로 유지되는 곳입니다. 따라서 일종의 힐링 여행 같은 테마를 정해 사업을 진행하면 괜찮을 것으로 사료됩니다."

모두의 고개가 끄덕여질 때 현수의 말은 이어지고 있었다.

"이 고속도로의 총 연장은 약 603㎞입니다. 이것이 완공되면 아와사 지역으로부터 생산된 각종 산물이 아디스아바바로 직송될 수 있습니다. 다음은……."

현수의 설명은 한참 동안 이어졌다. 그러는 내내 모두의 고개가 위아래로 끄덕여진다.

공사비에 관한 부분이 나오자 모두가 시선을 집중시킨다. 나름대로 산출해 본 게 있기 때문이다.

"이곳까지 이어지는 공사비는 턴키베이스가 될 때 약 110억 달러로 산출되었습니다."

"110억 달러요?"

지금껏 조용하던 건설부 장관의 반문이었다.

"네! 110억 달러면 공사가 가능하다 판단됩니다. 물론 설계변경 또는 노선변경이 있을 경우 가감될 수 있습니다."

"…정말 그 돈이면 공사를 할 수 있는 겁니까?"

"그렇습니다. 공사비 산출내역은 저희가 제출한 자료의 뒤쪽에 첨부되어 있습니다."

"그래요? 그럼, 아스팔트 두께는 얼마나 됩니까?"

"에~ 저희가 설계한 것은 40㎝입니다."

참고로 아스팔트는 두께가 두꺼울수록 하중으로 인한 도로 손상이 적다. 국내의 경우 통행량이 많은 경부고속도로 같은 간선고속도로의 포장 두께는 40㎝이다.

기타 고속도로는 30㎝이며, 일반국도는 25~30㎝ 정도이다. 그리고 자동차보다 훨씬 육중한 비행기가 뜨고 내리는 인천공항의 활주로는 105㎝ 정도 된다.

천지건설에선 간선고속도로 기준으로 설계한 것이다.

대통령을 비롯한 모든 장관의 시선이 건설부 장관에게 쏠려 있다. 오늘 아침 따로 알아본 공사비 내역을 조약식 직전에 전달받았음을 알기 때문이다.

대통령은 궁금하다는 표정으로 입을 연다.

"장관! 천지건설이 산출한 공사비가 적당한 겁니까?"

에티오피아엔 여러 나라 건설회사가 들어와서 공사를 진행하고 있다. 그중엔 한국기업들도 있지만 지나의 건설사들도 상당히 많이 진출해 있다.

오늘 받은 두 개의 견적서는 각기 다른 도로공사를 수행하고 있는 지나의 건설사들로부터 받은 것이다.

참고로, A라는 건설사는 현재 에티오피아에서 가장 많은 공사를 수행하는 업체이다.

A가 제출한 견적서를 보면 총연장 544km짜리 노선으로 아스팔트 두께는 30cm이다. 공사비는 130억 달러이다.

수주의향서를 제출하면서 거의 실비 수준이니 깎을 생각하지 말라는 말을 했다.

건설사 B가 제출한 것은 총연장 561km이며, 아스팔트 두께는 동일하게 30cm이다. 이 회사의 수주 예상가는 134억 3천만 달러라 되어 있다.

이를 단가로 환산해 보면 A는 1km당 2,390만 달러이다. B는 1km당 2,394만 달러이다.

아스팔트 두께 10㎝ 늘렸을 때로 환산하면 A는 3,187만 달러 정도 되고, B는 3,192만 달러에 해당된다.

사전에 담합이라도 했는지 거의 비슷한 가격이다.

어쨌거나 천지건설에서 제안한 것을 1㎞당 단가로 환산해 보면 1,824만 달러 정도 된다.

A와 B 모두 천지건설 제시금액의 1.75배 정도 된다.

"잠깐만요."

건설부 장관이 뒤쪽에 있던 실무자들에게 손짓을 하자 기다렸다는 듯 다가선다.

이때 건설부 장관이 자리에서 일어섰다.

"김현수님! 그리고 대통령님과 각 부 장관님! 저희에게 잠깐 시간을 주셨으면 합니다. 저희 건설부에서 아와사—아디스아바바간 고속도로 공사의 세부내역을 확인하는 시간이 약간 필요해서 그럽니다."

"흐음! 그럼 그렇게 하시게."

고개를 끄덕인 대통령은 현수에게 시선을 준다.

"우린 나가서 커피나 한 잔 합시다."

"네에, 좋습니다."

잠시 후 건설부 직원들을 뺀 나머지 모두 밖으로 나갔다.

"박 과장! 우리가 낸 견적 기준이 뭐였지요?"

"네! 부사장님께서 수주하신 킨샤사—비날리아 간 고속도로 공사에 준한 견적입니다."

"그럼 과한 금액은 아니겠군요."

"과하지도 않지만 그리 박하지도 않은 금액입니다."

박진영은 당연하다는 듯 크게 고개를 끄덕인다. 이때 현수의 뇌리로 스치는 생각이 있었다.

"공사를 하다 보면 돌발적인 상황이 빚어지곤 하는데 그것도 대비한 금액인 건가요?"

"네! 그렇다고 들었습니다."

"흐음! 너무 싸면 남는 게 없을 텐데."

"그건 아닙니다. 조금 전에도 말씀드렸지만 제시된 가격엔 적정한 이윤이 붙어 있답니다."

"그렇다면 다행이구요."

"참! 견적실장님이 말씀하시길 에티오피아에서 더 많은 공사를 수주할 수만 있다면 기존에 반입시킨 장비 등을 재활용할 수 있으므로 같은 단가로 다른 공사를 수주하더라도 더 많은 이익이 발생할 것이라 했습니다."

"그래요? 알았습니다."

현수와 진영은 이런저런 대화를 이어갔다. 그렇게 20여 분이 지났을 때 다시 회의장으로 들어가자는 신호가 왔다.

현수는 다시 단상 앞에 서서 아와사—아디스아바바간 4차선 고속도로 공사에 대한 개요를 설명했다.

아까와 달리 건설부 직원들의 질문이 상당히 많았다. 그것에 대한 답변을 하다 보니 시간이 많이 흘렀다.

고속도로에 대한 설명을 모두 마쳤을 때 건설부 장관이 자리에서 일어선다.

"수고하셨습니다. 이 공사에 대해 몇 가지 여쭤보고 싶은데 괜찮으시겠습니까?"

"물론입니다."

현수가 고개를 끄덕이자 장관은 메모해 놓은 것을 들여다보곤 입을 연다.

"우선 공사비의 타당성에 관해 듣고 싶습니다. 솔직히 말씀드려 우리는 천지건설 이외에도 지나의 두 업체로부터 고속도로 신설공사에 대한 견적을 받은 바 있습니다."

"네에! 의당 그리하셨어야 하지요, 이해합니다."

한두 푼 드는 공사도 아니고, 국가의 예산이 들어가는 것이다. 이런 큰 공사를 자력으로 수행할 능력이 부족하면 국제입찰에 붙이는 것이 관례이다. 그리고 공정한 잣대로 심사하여 가장 적합한 업체에 맡기는 것이 올바른 행정이다.

그런데 이번 공사는 천지건설에 주는 것으로 이미 내정되어 있다. 이실리프 그룹이 자비를 들여 아와사 지역 전체를 개발하고, 그 결과인 산물의 50%를 에티오피아 정부가 우선 수매할 권리를 받는 등의 조건이 붙어 있기 때문이다.

공사는 주었지만 부르는 값을 다 치르는 것은 바보 같은 짓이다. 하여 공사비 타당성을 확인하려 지나의 건설사들을 이용한 것이다.

그걸 모르기에 지금도 지나의 A와 B 건설사는 건설부 관료들은 물론이고, 의원들에 대한 로비를 하고 있다.

또 하나의 막대한 이익을 위한 것이다.

기오르기스 대통령은 의회에서 조차지에 관한 이야기를 할 때 고속도로와 철도공사에 관한 것도 발언했다.

한국산 무기도입을 의뢰했음도 탁 까놓고 말했다.

감추고 자시고 할 게 없는 일이기 때문이다.

야당에서는 이번 공사로 어떤 놈 주머니로 얼마나 많은 액수가 흘러들 것인가에 대한 촉각을 곤두세우고 있다.

그게 지금까지의 관례였으니 이번에도 의당 그러할 것이라 생각하기 때문이다. 하여 지나의 건설사들이 제안한 공사비 내역을 은밀히 확보한 상태이다. 천지건설과 계약하고 나면 차액이 얼마인지 확인해 볼 요량인 것이다.

"천지건설은 이 공사를 수행함에 있어 특별한 사유가 없는 한 추가로 설계변경을 요구하거나 노선변경을 하지 않을 것인지부터 확인하고 싶군요."

건설부 장관이 이런 말을 하는 이유는 지나의 건설사들은 공사가 시작되면 이런저런 핑계를 대면서 수정을 요구하곤 했기 때문이다. 그럴 때마다 공사비는 조금씩 늘어났다.

그 결과 1,000만 달러짜리 공사가 준공 후 정산해 보면 1,500만 달러짜리로 둔갑해 있는 경우가 종종 있었다.

결과를 보면 처음과 그다지 달라진 것도 없는데 돈은 50%나 더 들어간 것이다. 천지건설 역시 같은 동양 회사이니 혹시 이러하지 않을까 싶어 물은 것이다.

"저희는 에티오피아 정부에서 요구하지 않는 이상 가급적 원안대로 공사할 것입니다. 가장 적합한 노선으로 결정되었다 생각하기 때문입니다."

"정말 그렇습니까?"

건설부 장관은 재차 다짐이라도 받으려는 듯한 눈빛이다. 이에 현수는 하던 말을 마저 이었다.

"다만 저희가 현지를 일일이 방문하여 노선을 결정한 것이 아니므로 공사구간 중 절벽 또는 호수가 있을 경우 적당한 선에서 우회하는 노선변경 또는 교량 추가 정도는 요청드릴 수 있을 겁니다."

"…좋습니다. 누구나 인정할 정도로 특별한 경우라면 우리도 흔쾌히 받아들일 수 있습니다."

"감사합니다."

때에 따라 양보해 줄 수 있다는 뜻의 발언이기에 현수는 부드러운 미소를 지으며 고개를 숙였다.

이때 건설부 장관의 발언이 이어진다.

"그럼, 조금 전에 말씀하신 금액으로 공사가 가능한 것인지에 대한 질문을 하죠. 솔직히 말씀드려 저희가 견적을 의뢰한 두 업체로부터 받은 가격보다 천지건설의 것이 너무 저렴해서 그런 겁니다."

안 봐도 뻔하다. 지나건축공정총공사와 같은 회사로부터 견적을 받았을 것이다.

그들이 이곳에 수행하는 공사는 오로지 눈앞의 이익을 얻기 위함이다. 하지만 현수와 천지건설은 다르다.

에티오피아는 점점 발전해 가는 중이다. 따라서 조금 더 장기적인 안목에서 접근하는 것이 결과적으론 더 이득이다.

그렇기에 지금은 교류의 물꼬를 트는 것이 우선이라 판단하였기에 합당한 공사비를 제시한 것이다.

"으음! 저희와 얼마나 차이가 있는지 알 수 없습니다. 다만 제가 말씀드리고자 하는 것은 저희가 공사비를 산출할 때에 에티오피아의 상황을 고려하였다는 것입니다."

"그게 무슨 의미입니까?"

"에티오피아는 1950년 6월 25일에 발발한 한국전쟁 때 전투병력을 파견해 준 바 있습니다."

대통령을 비롯한 배석 인원 전부 현수에게 시선을 고정시키고 있다. 느닷없는 전쟁 이야기이기 때문이다.

그러거나 말거나 현수의 발언은 이어지고 있었다.

"당시 셀라시에 황제께서는 칵뉴(Kagnew) 부대에 '이길 때까지 싸워라, 그렇지 않으면 죽을 때까지 싸워라(Fight until win, or die)' 라는 말씀을 하신 것으로 알고 있습니다."

"……!"

아주 유명한 말이기에 모두들 고개를 끄덕인다.

"저희는 알고 있습니다. 칵뉴부대는 253번의 전투에 참여하여 253승을 거두었습니다. 참전국 16개 국 중 유일하게 포로가 없었던 용맹스러운 부대이지요."

대놓고 하는 칭찬이 분명하다. 그런데 왠지 기분이 좋다. 모두들 고개를 끄덕이며 자부심 가득한 표정이 된다.

"모두 6,037명의 보병이 참전하였는데 이 가운데 123명이 전사하고, 536명이 부상당했습니다. 대한민국의 자유를 위해 장렬히 전사하시고 부상당하신 분들에 대한 은혜를 저희가 어찌 잊겠습니까?"

"……!"

이번에도 아무런 말이 없다. 모두들 속에서 울컥하는 기분이 든 때문일 것이다.

"혹시 아시는지 모르겠습니다만 휴전협상 막바지에 미군 포병대가 하루에 7만 7,000여 발의 포탄을 발사한 '폭 찹 힐(Pork Chop Hill)' 전투가 있었습니다. 세계대전 사상 어느 전투보다도 치열한 포격전이었습니다."

대통령 등 일부는 이 내용을 알고 있다는 듯 말없이 고개를 끄덕이며 눈빛을 보낸다.

"당시의 전투는 중공군과 벌인 것입니다. 그 전투에 자랑스런 칵뉴부대가 참전했었지요. 그리고 많은 희생자가 있었습니다. 참고로 중공은 지금의 지나입니다."

"……!"

모두들 정신이 번쩍 든다는 표정이 된다. 지나에 대해 아무런 생각이 없었는데 새삼 느껴지는 바가 있기 때문이다.

"천지건설은 대한민국의 건설사입니다. 그리고 저희는 중공군과 끝까지 맞서 싸웠던 에티오피아군에 대한 고마움을 잊지 않고 있습니다."

모두의 시선이 다시 쏠린다,

현수의 표정에서 진심이 느껴지고 있었던 때문이다.

잠시 말을 끊었던 현수는 정중히 고개를 숙였다. 진심으로 고맙다는 뜻이다. 그리곤 다시 말을 이었다.

"이번 공사를 수행함에 있어 회사의 이익보다는 에티오피아의 발전을 돕고자 하는 마음을 갖기로 했습니다. 그 결과가 오늘 말씀드린 공사비입니다. 분명히 말씀드리지만 크게 남는 바 없습니다. 그럼에도 저희는 수행 의지가 있습니다."

현수가 잠시 말을 끊자 모두 자리에서 일어선다. 그리곤 말없이 손뼉을 치기 시작한다.

짝, 짝, 짜짝! 짜짜짜짜짝! 짜짜짜짜짜짜짜짝!

"……!"

현수는 모두에게 시선을 주곤 다시 한 번 정중히 허리를 숙였다. 진심으로 한국전쟁에 참전해 주었던 것에 대해 감사의 뜻을 표한 것이다.

박수 소리는 한참을 이어졌다.

모두가 상기된 표정이지만 박진영과 구본홍은 대체 어찌된 영문인지 가늠하느라 고개만 갸우뚱거리고 있다.

휘이익! 휘이이익—!

누군가의 휘파람이다. 손가락을 입에 넣고 내는 소리이다. 현수는 그 사람에게 시선을 주었다. 언제 당도했는지 의무부 장관 로마우 바이할이다.

시선이 마주치자 환히 웃으며 고개를 끄덕인다. 방금 전의 연설이 참으로 마음에 든다는 뜻일 것이다.

잠시 후, 모두 착석하자 건설부 장관이 기다렸다는 듯 자리에서 일어선다. 상당히 상기된 표정이다. 방금 전 현수의 연설이 장관의 마음을 건드린 듯하다.

CHAPTER 05
이간질은 이렇게!

　"천지건설이 이 공사를 수행하는 것에 대해 주무장관인 저
는 아무런 이견도 없음을 말씀드립니다. 천지건설에서 제시한
공사비는 지나의 건설사들로부터 제안받은 금액의 57.2%밖
에 되지 않습니다."

　"……!"

　모두들 정말이냐는 표정으로 건설부 장관을 바라본다.

　이 자리에 참석하기 전에 건설부에서 흘러나온 의견은 천
지건설의 공사비가 지나 건설사들에 비해 약간 높을 것이라
는 것이 지배적이었기 때문이다.

한국이 지나에 비해 물가 및 인건비 등이 비싸므로 그럴 것이라는 것이 이 의견의 배경이었다.

따라서 공사비를 지나에서 제안한 수준 이하로 깎아야 한다고 했었다. 그런데 그 금액의 절반을 약간 상회하는 수준이라니 모두가 놀란 것이다.

이때 건설부 장관의 발언이 이어졌다.

"반대로 비교해 보면 지나의 건설사들은 천지건설보다 75%나 더 비싼 공사비가 있어야 공사를 한다고 했습니다."

"......!"

현재 에티오피아에서 건설되고 있는 공사 중 상당수가 지나의 건설사들이 하고 있다. 그런데 그것들 전부 엄청난 바가지를 쓴 거라니 말도 안 된다는 표정이다.

그러거나 말거나 건설부 장관의 발언이 이어진다.

"저는 우리 캄뉴부대에게 포격을 가해 부상과 사망을 경험하게 했던 중공이 지나의 전신이라는 것을 잊고 있었습니다. 죄송합니다. 앞으로 결코 잊지 않겠습니다!"

"......!"

장관의 발언은 향후 지나의 건설사에게 일을 맡기는 일은 더 이상 없을 것이라는 뜻이다. 그럼에도 아무도 말을 하지 않는다. 오히려 고개만 끄덕인다.

모두가 한마음이 되어 장관의 뜻에 동조한 것이다.

현수는 잠시 마음의 진정이 이루어지도록 시간을 두었다.

"험험! 다음은 아와사―베르베라 간 철도공사에 관한 내용입니다. 총연장 약 1,500㎞짜리 이 공사는 표준궤로 설치될 예정입니다. 광궤와 표준궤, 그리고 협궤는……."

잠시 광궤, 표준궤, 협궤에 관한 설명이 이어졌다.

건설부 직원들은 열심히 받아쓰기를 하고, 다른 사람들은 스크린에 비춰진 여러 자료에 시선을 주고 있다.

"저희가 예상한 노선의 총사업비는 약 76억 2천만 달러로 예상합니다."

공사비 이야기가 나오자 건설부 장관이 또다시 일어선다.

"잠시만! 잠시만 기다려 주십시오."

말을 마치곤 또 건설부 직원들을 부른다. 우르르 몰려들더니 뭔가를 확인한다.

아프리카 국가인 지부티의 수도 지부티로부터 아디스아바바까지 약 740㎞짜리 레일 부설공사가 시작될 예정이다.

이 공사는 이미 지나의 지나토목공정이 맡았으며 2015년 10월 개통 예정이다.

총사업비는 40억 7천만 달러이며, 이 중 70%는 지나 수출입은행의 차관으로 충당하기로 되어 있다.

지금껏 그래 왔듯 향후 설계변경, 노선변경, 공법변경 등이 있을 것이다. 그럴 경우 사업비는 60억 달러까지 치솟을 수 있다.

40억 달러일 때는 1㎞당 약 540만 달러이다.

그런데 천지건설이 내놓은 금액은 1㎞당 약 508만 달러에 불과하다. 6%나 적은 금액이다.

만일 지나가 60억 달러로 공사비를 늘리면 1㎞당 약 810만 달러가 된다. 이쯤 되면 확연한 차이가 나니 아예 비교의 의미가 없다.

"질문하겠습니다. 천지건설은 이번 공사 역시 고속도로와 같이 설계변경, 노선변경 등이 없는 겁니까?"

"네! 고속도로 공사와 동일한 원칙입니다."

"흐음! 알겠습니다."

건설부 장관이 착석하자 대통령이 시선을 준다.

"장관! 이번에도 공사비가 적은 겁니까?"

"그렇습니다. 지부티―아디스아바바간 철로 부설공사 금액과 비교했을 때 6% 정도 저렴합니다."

"아……!"

모두가 현수에게 시선을 준다. 신뢰감 가득한 눈빛이다.

그도 그럴 것이 지부티―아디스아바바간 철로 부설공사는 금액 네고가 끝난 계약 금액이고, 천지건설의 것은 제시 금액이기 때문이다. 다시 말해 더 낮은 금액이 될 수도 있다.

참고로, 철로부설 공사가 고속도로 공사보다 금액이 적은 이유는 노면을 다지고 철로를 놓는 것이 끝이기 때문이다.

이때 건설부장관은 대통령에게 설명을 이어간다.

"지나의 건설사들이 설계변경 등을 사유로 공사비를 늘릴 경우 62.7%나 저렴한 금액이 될 수도 있습니다."

"아……!"

모두의 입에서 동시다발적으로 탄성이 튀어나온다.

이때 현수가 끼어들었다.

"참고로, 저희가 제시한 금액은 철로 부설공사에 국한된 것입니다. 그 위를 달릴 열차는 별도로 준비하셔야 합니다."

"한국에도 철도는 있죠?"

누군가의 질문에 현수는 고개를 끄덕였다.

"물론입니다. KTX라고 고속철도가 있습니다. 이 밖에 차세대 고속열차(HEMU-430S)를 개발하는 중입니다. 속도로 따지면 세계 4위에 해당됩니다."

"그래요? 그걸 우리가 가질 수 있는 겁니까?"

"불가능하지는 않습니다. 다만 이번에 설치되는 철로는 고속열차용이 아닙니다. 화물수송을 염두에 둔 것이기 때문에 해무열차를 도입할 경우엔 설계변경이 필요합니다."

"그럼 일반 열차도 들여올 수 있습니까?"

"물론입니다. 주문하시면 도입될 것입니다."

현수가 크게 고개를 끄덕이자 지금껏 침묵을 지키던 대통령이 자리에서 일어선다.

"잘 들었습니다. 천지건설에서 우리를 많이 생각해 주고
있음이 느껴져 개인적으론 흡족합니다. 세부사항은 관할 부
서와 협의하여 주십시오."

"네, 알겠습니다."

"그럼, 이것으로……."

대통령이 클로징 멘트를 하려 할 때 현수가 마이크 가까이
입을 가져갔다.

"잠깐만요, 대통령님!"

"……?"

"저희가 추가로 제안할 사안이 있습니다. 잠시만 더 시간
을 내주십시오."

대통령은 주변을 둘러본다. 모두들 시간이 되느냐는 뜻이
다. 아무도 고개를 젓지 않는다.

"…그렇게 하십시오."

"박 과장!"

"네, 부사장님."

박진영이 기기를 조작하자 스크린 가득 에티오피아 지도
가 뜬다. 아디스아바바를 비롯한 주요 도시가 있는 곳엔 붉은
원과 함께 명칭이 쓰여 있다.

오늘 조차가 결정된 아와사 지역은 파란색으로 칠해져 있

는데 이실리프 자치령이라는 명칭이 보인다.

"화면을 보시면 여기 저희 이실리프 자치령이 있습니다. 이곳에서는 각종 곡물 및 축산품이 생산될 예정입니다. 저희가 예상한 생산량은 표를 보시면 됩니다."

화면이 바뀌면서 각종 곡물의 그림과 예상 수확량이 명기되어 있다. 돼지고기, 쇠고기, 닭고기, 달걀, 치즈, 우유, 분유, 야쿠르트 등의 생산량 또한 나타난다.

화면 하단엔 에티오피아의 전체 소요량 또한 기록되어 있다. 비교해 보니 아와사 지역에서 생산되는 것만으로도 100% 자급자족이 가능한 수치이다.

식생활과 관련 있는 농림부와 의무부 관료들의 손놀림이 분주하다. 빠른 속도로 메모하느라 바쁜 것이다.

"다시 원래 지도를 보시겠습니다. 이 지도를 보시면⋯⋯."

잠시 현수의 설명이 이어졌다.

에티오피아의 수도 아디스아바바를 교점으로 하는 거대한 X자형 철로가 놓여진 이후에 대한 내용이다.

이것을 중심을 시차를 두고 지선(支線)을 추가한다면 비약적으로 교통 상황이 좋아진다. 이는 물류의 흐름이 빨라짐을 의미하고 그로인한 각종 산업의 발전 속도 또한 개선된다.

거대한 X자형 철도가 에티오피아의 미래를 어찌 바꿔놓는지에 대한 설명이 이어진 것이다.

모두들 귀를 쫑긋 세우고 경청한다.

모든 설명이 끝나자 건설부 장관이 자리에서 일어선다. 주무부서 장관이기 때문일 것이다.

"제안 잘 들었습니다. 그런데 총연장은 얼마나 됩니까?"

"저희가 입안한 계획서에 의하면 약 8,000㎞입니다."

"공사비도 뽑아봤습니까?"

"네! 1㎞당 약 515만 달러 정도 됩니다."

장관은 얼른 휴대폰을 꺼내 계산기를 실행시킨다.

"그럼 412억 달러 정도 되는 거군요."

"그렇습니다. 그리고 열차 매입비용은 별도입니다."

"흐음! 아와사―베르베라 간 철로의 경우는 ㎞당 508만 달러였는데 왜 7만 달러가 더 많은 거죠?"

그러고 보니 이상하다 싶었는지 모두들 현수에게 시선을 준다. 설명해 보라는 뜻이다.

"아와사―베르베라 간 철도의 경우는 기착역과 종착역, 그리고 중간에 2~3개의 역만 있을 뿐입니다. 방금 말씀드린 노선은 중간중간 더 많은 역사(驛舍)를 지어야 합니다. 뿐만 아니라 경관 좋은 곳엔 휴게소도 계획하고 있습니다."

잠시 말을 끊은 현수가 기기를 조작하자 한국의 고속도로 휴게소 전경이 나타난다. 최근에 고속도로를 이용해 본 사람들은 알겠지만 요즘의 휴게소는 예전과 많이 다르다.

한마디로 표현하자면 훨씬 고급스럽고, 스마트해졌다.

현수는 계속해서 휴게소의 내·외부 모습을 찍은 사진들을 보여주었다.

식당, 화장실, 편의점, 휴식 공간 등의 모습이다.

한국 사람의 눈에도 괜찮다 싶은데 에티오피아 사람들의 눈에 어찌 보이겠는가!

모두들 입을 딱 벌린다.

"그럼, 이런 것까지 짓는 비용이란 겁니까?"

"물론입니다. 저희가 제시한 금액은 모든 역사와 휴게소 건설공사를 포함한 금액이었습니다."

"아와사―베르베라 노선에도 휴게소가 있습니까?"

"그렇습니다. 2개가 있습니다."

"끄으응!"

건설부 장관이 뒷머리를 잡고 주저앉는다. 그간 지나 놈들에게 얼마나 많은 바가지를 썼는지 확실히 깨달은 것이다.

이때 한 사내가 일어선다. 경제부장관이다.

"좋은 말씀 잘 들었습니다. 계획한 대로 되면 좋을 듯합니다. 그런데 우리는 재정이 빈약하여……."

돈 이야기가 나오자 모두의 표정이 확 바뀐다.

현수가 설명한 대로의 일이 벌어지면 좋기야 하지만 공짜로 해달라고 할 수는 없다. 지불할 능력이 안 되니 부풀었던 희망이 물거품처럼 꺼지는 느낌이라 낯빛이 어두워진다.

한마디로 꿈 깬 것이다.

이때 현수가 마이크를 당겨 잡는다.

"비용에 관한 것이라면 또 하나 제안드릴 것이 있습니다."

"……?"

모두의 시선이 또 쏠린다. 무슨 좋은 해결 방안이라도 있느냐는 표정이다.

"우리는 이 공사를 입안한 후 에티오피아 정부가 가용한 외환이 부족함을 알았습니다. 하여 이에 대한 해결책을 강구한 바 있습니다."

"아! 그래요? 그게 뭡니까?"

경제부장관이 반색하며 묻는다.

"해결 방안이 있기는 합니까?"

건설부 장관 역시 상기된 표정으로 바뀌어 있다.

모두 궁금한 표정이다. 없는 돈을 만들어낸다는 뜻으로 들렸으니 어찌 안 그렇겠는가!

현수는 짐짓 뜸을 들였다가 고개를 크게 끄덕인다.

"에티오피아 정부가 합의만 해주면 이루어질 것 같습니다. 잠시 자료를 보아주십시오."

다시 에티오피아 지도가 나타난다. 그런데 아까와 달리 다섯 곳에서 노란별이 반짝이고 있다.

"저건 뭡니까?"

"에티오피아 영토 가운데 석유 매장 가능성이 높은 곳을 표시한 겁니다."

노란색 별이 반짝이고 있는 곳은 오가덴 지구대, 청나일강 지구대, 메켈레 지구대, 감벨라 지구대, 남부 지구대이다.

"…이 자료는 어디에서 확인한 겁니까?"

다섯 개의 별 중 몇 개는 에티오피아 정부조차 모르는 것이라는 뜻이다.

"이 자료는 모종의 경로를 통해 어렵게 얻은 겁니다. 죄송하지만 그게 누군지는 말씀드리기 어렵습니다."

"누가 확인한 건지 알려줄 수 없다는 뜻입니까?"

자리에서 벌떡 일어난 개발부 장관의 표정엔 불쾌함이 배어 있다.

"웬만하면 알려줄 수 있지 않겠소?"

대통령까지 거들고 나선다. 현수는 잠시 뜸을 들였다.

"…이런 말씀은 드리지 않으려 했습니다. 오해의 소지가 있을 수 있으며 이것 때문에 국제적 분쟁이 발생될 수도 있기 때문입니다."

"……!"

국제적 분쟁이라는 표현 때문인지 모두의 낯빛이 바뀐다. 심각한 표정으로 변한 것이다.

"그래도 말씀해 주십시오. 이 자료 어디에서 난 겁니까?"

의무부 장관도 거들고 나선다. 가만히 있으면 모든 장관들이 나설 듯하다.

"휴우~! 알겠습니다. 이 자료는 천지건설 정보팀이 구해온 겁니다. 자료의 출처는 지나인데 정부인지 기업인지는 불명확합니다."

"지나에서 우리 영토 내의 유전 가능성이 있는 곳을 어찌 알았다는 겁니까? 저 중엔 우리도 파악하지 못한 것이 있는데 말입니다. 알고 있는 사실이 있으면 말씀해 주세요."

개발부 장관의 물음이었다.

"으음! 이 자료를 입수한 사람의 보고에 의하면 지나에서 파견한 유전 기술자들이 에티오피아 사람들을 안내인으로 고용하여 다녔다고 합니다."

"어떤 썩을 놈들이……!"

누군가 욕지기가 나오려는 모양이다. 돈 준다고 외국인들의 염탐 행위를 협조했다는 게 기분 나쁜 것이다.

"아마 많은 돈을 미끼로 했을 겁니다. 그런데 이건… 어느 분께 드려야 하는지 모르겠습니다. 아! 비서실장님."

현수와 시선이 마주치자 비아니 아자한 대통령 비서실장은 왜 불렀는지 모르지만 앞으로 나온다.

현수는 품속에 있던 종이를 꺼내 건넸다.

A4용지를 접은 것으로 지나 국안부 3국 컴퓨터에 있던 내용을 프린터로 인쇄한 것이다.

당연히 한자로 쓰여 있다. 비아니 아자한 비서실장은 이게 대체 무슨 내용이냐는 표정이다.

"그건 지나인들의 길 안내를 맡았던 사람들이 묻혀 있는 장소입니다. 제가 보니 13명이더군요. 안내가 끝난 후 모두 살해한 후 암매장했답니다."

이간질의 정점을 찍는 한마디였다.

"네에……? 뭐라고요?"

"방금 뭐라 했습니까? 다시 한 번 말씀해 주십시오."

대통령과 내무장관 등이 벌떡 일어난다.

외국인에 의한 자국민 살해사건이 자국 영토에서 일어났다는데 어찌 가만히 있을 수 있겠는가!

뒤에 있던 박진영과 구본홍은 갑작스레 살벌해진 분위기에 이게 대체 뭔 일인가 하는 표정이다.

그러거나 말거나 현수는 차분한 음성으로 대꾸한다.

"제가 비서실장님께 드린 자료는 지나인들이 현지인의 안내를 받아 에티오피아 곳곳을 염탐하였고, 안내했던 사람들을 살해한 후 암매장한 장소를 표시한 자료입니다."

아까 칵뉴부대 이야길 할 때 중공군의 포격을 받아 부상자와 전사자가 발생되었음을 이야기한 바 있다.

아와사—아디스아바바 간 고속도로 공사를 이야기할 때엔 지나 건설사들이 엄청난 폭리를 취함이 밝혀졌다.

철로부설공사에서도 지나의 건설사들은 폭리를 취했다.

단가도 비쌌지만 천지건설처럼 역사까지 지어주는 것이 아니라 단순히 철로만 놓아주는 조건이었기 때문이다.

그런데 몰래 자국을 염탐했고, 정보가 새나갈까 싶어 살인 멸구까지 했다니 분노가 솟는 모양이다.

현수는 에티오피아와 지나 사이를 확실히 갈라놓는 이간질이라는 걸 알지만 일부러 그랬다. 지나인들이 아프리카 전역을 헤집고 다니는 게 마뜩치 않은 때문이다.

대통령은 물론이고 각 부 장관들 사이로 수많은 의견이 오간다. 얼핏얼핏 들리는 내용을 종합해 보면 향후 지나인들이 에티오피아에서 공사를 수주하는 일은 없을 듯하다.

또한 Made in China를 수입하는 일 또한 없을 것이다.

암매장했다는 곳은 즉시 확인하고 지나 측에 항의하는 것으로 의견이 모아지고 있었다.

"저어, 죄송하지만 제가 한 말씀드려도 되겠는지요?"

갑론을박하던 사람들이 일제히 현수에게 시선을 준다.

"이 자료를 얻은 곳이 지나라는 것만은 분명합니다. 하지만 누가 염탐을 했고, 누가 살인 행위를 했는지는 불명확합니다. 이런 걸로 지나를 압박해 봤자 모르쇠로 일관할 것입니다. 안 그렇겠습니까?"

"……!"

에티오피아가 같은 입장이라도 그랬을 것이기에 모두가 다음 말을 이으라는 표정으로 바라본다.

"저도 에티오피아 국민 중 하나입니다."

"……?"

정말이냐는 표정을 짓는 이들이 있자 내무장관이 나선다.

"대통령님과 의무부장관께서 의약개혁을 위해 진출하는 천지약품이 외국인 기업이라는 이유로 차별받지 않도록 우리 국적을 부여한 바 있습니다."

현수는 부언 설명을 해준 내무장관에게 가볍게 고개 숙여 예를 갖춘 후 말을 이었다.

"지나는 아프리카 대륙에 진출하여 많은 부와 자원을 가져가고 있습니다. 콩고민주공화국에서는 지나인들과의 협력관계를 단절하는 쪽으로 정책 방향을 바꾼 바 있습니다."

모두들 알고 있다는 뜻으로 고개를 끄덕인다. 지나가 차지하려던 거의 모든 자리가 한국 기업들에게 돌아갔다.

그 중심에 현수가 있고, 천지그룹을 위시하여 백두그룹 등이 진출해서 호평을 받고 있다. 지나인들과 달리 원주민과의 친화를 우선으로 하기 때문이라는 평가가 있었다.

"지나 정부에 항의해 봐야 사실을 알아보겠다는 대답을 할 것이고, 결과는 밝혀지지 않을 겁니다. 그러니 항의보다는 다른 방법을 찾아보실 것을 권유드립니다."

현수의 말이 끝나자 하나둘 착석한다. 분위기는 금방 바뀌었다. 모두가 하던 말을 계속하라는 표정이다.

"지나와의 관계를 어찌할 것인지는 대통령님을 비롯한 각부 장관님들의 의중대로 처리하시면 될 듯합니다. 그럼, 아까 드리려던 말을 이어서 하겠습니다. 저희는……"

현수는 에티오피아 영토 남동쪽 끝부분에 위치한 오가덴 지구대의 유전을 개발하여 그곳에서 얻은 원유로 공사비를 받겠다는 뜻을 밝혔다.

2014년 현재, 서부 텍사스산 중질유는 배럴당 106달러, 북해산 브렌트유는 110달러, 두바이유는 108달러 정도 된다.

이것들의 평균은 배럴당 108달러이다.

그런데 8,000㎞짜리 초대형 철로공사의 금액은 412억 달러이다. 이걸 전부 원유로 지불하려면 약 3억 8천만 배럴을 줘야 한다. 국제유가가 떨어지면 4억 배럴 이상이 될 수도 있다.

오가젠 지구대의 유전에 과연 그 정도의 원유가 있을지는 미지수이다. 시추해 봐야 알 수 있는 일이기 때문이다.

지도에 표시된 곳은 유전 가능성이 있다는 표시만 있을 뿐 추정 매장량은 표기되어 있지 않다.

결론부터 이야기하자면 오가덴 유전엔 약 12억 배럴의 원유가 매장되어 있는 것으로 추정된다.

이건 지나인 기술자의 의견이기에 빼버린 것이다. 잘못된 추정치일 수도 있기 때문이다.

어쨌거나 유전 가능성이 매우 높은 오가덴 지구대의 위치는 시벨리(Shibeli)강 동쪽에 위치한 웨르데르(Werder) 인근지역이다. 소말리아 영토와 가깝다.

이 유전의 소유권은 에티오피아 정부에 있지만 공사비가 완납될 때까지 천지건설이 원유를 가져가기로 한 것이다.

유전 개발비용은 당연히 에티오피아 정부 부담이다. 소유주이기 때문이다. 물론 공사는 천지건설이 하게 된다.

"만일 원유가 예상보다 적으면 어찌할 것입니까?"

경제부 장관의 물음이었다.

"다른 유전을 추가로 개발하여 원유로 주셔도 되고, 다른 지하자원으로 지불하셔도 됩니다."

"그럼, 구리와 아연도 괜찮다는 뜻입니까?"

"그렇습니다. 이렇게 하면 외환 부담 없이 공사를 진행할 수 있습니다. 어떻습니까?"

현수의 말이 떨어지자 즉시 웅성웅성거리는 소리가 들려온다. 서로 간의 의견을 주고받는 것이다.

한참 후 모두가 잠잠해지자 대통령이 자리에서 일어선다.

"오늘의 제안은 국무회의와 의회 의결이 필요한 일입니다.

조만간 결정하여 통보하도록 하겠습니다."

"알겠습니다. 그럼 이것으로 오늘의 설명회를 마치도록 하겠습니다. 경청해 주셔서 감사합니다."

현수가 정중히 허리를 숙이자 배석한 인원들 모두 일어나 맞절을 한다.

잠시 후, 현수는 자리를 옮겨 대통령 및 몇몇 장관과 마주 앉았다.

"아와사—베르베라 간 철도공사와 아와사—아디스아바바 간 고속도로 공사는 제시한 금액을 깎지 않는 대신 최상의 품질이 나오도록 천지건설에서 맡아서 잘해주십시오."

"감사합니다. 말씀하신 대로 최상의 공사품질이 나오도록 각별히 유념하여 정밀 시공토록 하겠습니다."

건설부 장관과의 대화는 이것으로 끝이다. 천지건설에서 제안한 금액에 공사를 준다는데 뭘 더 말하겠는가!

"전에 주문한 백신들은 어떻게 되었습니까?"

로마우 바이할 의무부장관의 물음이다.

"아마 곧 도착할 겁니다. 항공편으로 보낼 겁니다."

"항공운송이라니요? 운송료가 많이 들겠군요."

"많은 양을 주문하셨으니 그 정도는 해드려야죠."

태을제약은 홍역과 말라리아, 그리고 콜레라 백신 3,000만 명분을 수송하려 보잉 747—8F를 전세 낸 바 있다.

날개 너비가 68.5m에 달하는 세계에서 가장 큰 민간 화물기이다.

이건 한번에 134톤까지 화물을 실을 수 있다. 당연히 많은 비용이 들지만 기꺼이 감수하기로 한 것이다.

"고맙군요. 김현수님 덕분에 접종시기를 당길 수 있을 것 같습니다."

배로 오면 시간이 오래 걸리지만 비행기로 오면 길어야 이틀이다. 빨리 도착하면 할수록 좋지만 비싼 항공운송을 요구할 수 없었는데 간지러운 곳을 긁어준 느낌이라 기분이 좋은 듯 환히 웃는다.

"참! 천지약품 소매약방 선정에 잡음이 조금 들리더군요."

"그래요? 확인해서 조치토록 하겠습니다."

소매약방은 차리기만 하면 돈이 벌린다.

콩고민주공화국에서 이미 입증된 사실이기에 너도나도 신청을 하면서 마찰이 빚어지고 있다.

가난한 사람이 많은 곳보다는 먹고살 만한 사람이 많은 곳의 수익이 더 높다고 생각한다. 하여 서로 부촌(富村)에 내겠다는 신청이 쇄도하기 때문이다.

천지약품 소매약방은 일종의 지역 총판개념이다.

하여 공무원, 경찰, 군인, 정치인 등의 압력이 상당하다. 서로 자기 가족 내지 친척이 유리하게 하려는 것이다.

"소매약방 허가권한은 전적으로 천지약품에 위임했습니다. 그러니 원칙대로 배정하십시오. 잡음을 일으키는 사람이 있으면 명단만 통보만 해주시구요."

로마우 바이할 의무부장관은 살짝 열 받은 표정이다. 부끄러운 곳을 들킨 기분인 것이다.

어쨌거나 현수는 준비된 만찬을 대통령과 함께하고 호텔로 향했다. 현수가 탄 차 주위는 경호원 12명이 탄 차들이 따른다. 거의 대통령에 준하는 경호를 받는 것이다.

현수의 곁에 앉은 박진영과 앞좌석의 구본홍은 현수를 볼 때마다 그룹회장 바라보듯 극진한 눈빛이다.

오늘 둘은 현장에서 모든 상황을 고스란히 살폈다.

모두가 암하라어로 나눈 대화이기에 어떤 내용의 대화가 오갔는지는 전혀 모른다.

하지만 몇 가지 분명한 건 있다.

첫째는 현수가 40,000㎢에 달하는 조차지를 얻었다는 것이다. 그곳은 향후 이실리프 자치령이라 불리며 200년간 치외법권 지역으로 유지될 예정이다.

크기는 대한민국 영토의 절반에 육박한다. 실로 어마어마한 넓이의 땅이 개인에게 개발권이 넘어간 셈이다.

이것만으로도 충분히 존경받을 만하다.

그런데 110억 달러짜리 아와사─아디스아바바 간 4차선 고속도로 신설공사와 76억 2천만 달러짜리 아와사—베르베라 간 철로 부설공사가 원안대로 확정된다고 한다.

합계 186억 2천만 달러짜리 공사가 치열하게 밀고 당기는 네고(Negotiation)도 없이 단번에 결정된 것이다.

추가로 제안한 총연장 8,000km짜리 철로 부설공사 역시 천지건설이 수주할 확률이 매우 높다.

총액 412억 달러짜리 공사이다.

이것까지 합산하면 에티오피아에서만 무려 598억 2천만 달러에 이르는 초대형 공사를 수주하게 되는 것이다.

한화로 환산하면 71조 원이 넘는 금액이다. 그런데 이게 결정되면 유전개발 공사까지 자동으로 따라온다.

적어도 10억 달러 이상짜리 공사는 될 것이다.

유전개발은 특성상 성공할 확률보다 실패할 확률이 더 높다. 그렇기에 제대로 된 유전을 확보할 때까지 많은 돈이 든다. 20억 달러를 쓰고도 기름을 얻지 못하는 경우도 있다.

참고로, 2013년 10월 성공만 하면 4억 배럴을 가져올 수 있다던 유전을 탐사한 바 있다.

아제르바이잔의 '이남광구'였다.

대한민국의 1년 원유 도입량이 약 9억 배럴이니 성공했다면 참 좋았을 것이다. 그런데 아쉽게도 이 탐사는 막대한 비용만 들인 채 실패로 끝났다. 투자한 돈 전부를 날린 것이다.

그런데 현수는 오가덴 지구대에 원유가 매장되어 있으며 성공 가능성을 100%라고 장담하고 있다.

근거가 뭐냐고 물었지만 유전에 관한 온갖 기술과 용어만 들었을 뿐이다. 골치가 아파진 둘은 세계 최고의 두뇌를 가진 사람이니 뭔가 특별한 수가 있나 보다 했다.

CHAPTER 06

원유 시추 100% 성공 비법

전능의팔찌
THE OMNIPOTENT
BRACELET

현수는 원유 시추에 앞서 땅의 최상급 정령 노에디아를 불러낼 생각이다. 그리곤 어디를 얼마만큼 파면 최상의 결과를 얻을 수 있는지 확인하라고 명령한다.

땅의 최상급 정령이니 유전에 관한 몇몇 특성만 이야기해 주면 이 정도는 식은 죽 먹기가 될 것이다.

그렇게 하여 유전개발에 성공하면 나머지 지역에 관한 조사를 지시한다. 그리곤 하나하나 빨대를 박고 쭉쭉 빨아올릴 계획이다.

유전이 많을수록 에티오피아는 발전하게 될 것이고, 그 과정에서 천지건설 등 한국 기업들은 더 많은 이득을 취할 수 있을 것이다.

한국엔 이런 걸 일컬어 '꿩 먹고 알도 먹는다'고 한다.

비슷한 말로 '도랑 치고 가재 잡는다', '마당 쓸고 동전 줍는다', '누이 좋고 매부 좋다', '님도 보고 뽕도 딴다', '굿도 보고 떡도 먹는다'라는 것도 있다.

한자어로는 금상첨화(錦上添花) 정도가 될 것이다.

이런 말이 많은 이유는 대부분의 사람이 이런 상황을 은근히 바라기 때문이다.

마지막으로 또 하나의 거대한 공사가 있다. 아제르바이잔 신도시 개발공사이다.

출국 직전 현수 일행은 아제르바이잔 건설부를 방문했다.

그 자리에서 무스타파예프 장관은 60억 달러를 차관해주는 조건으로 591억 5천만 달러짜리 공사를 해달라고 이야기했다.

이 정도면 MOU를 체결한 것이나 다름없는 상황이다.

박스 20여 개에 담긴 자료는 천지건설 해외영업부로 긴급 특송된 상태이다.

이것들은 도착 즉시 검토가 시작된다. 현수가 즉각적인 자료 검토를 지시한 때문이다. 워낙 양이 많은지라 해외영업부와 견적실, 업무지원팀은 또 한 번 몸살을 앓게 될 것이다.

검토 결과 타당성이 있다고 하면 즉각 일이 진행될 것이고, 현수의 능력이라면 또 한 번 성과를 거둘 것이다.

이것까지 모두 계약한다면 에티오피아와 아제르바이잔에서 무려 1,189억 7천만 달러어치를 수주하는 셈이다.

기존에 계약한 석유화학단지는 뺀 금액이다.

어쨌거나 1,189억 7천만 달러를 한화로 환산하면 142조 7,640억 원이나 된다. 실로 어마어마한 금액이다.

국내 굴지의 건설사인 현대건설은 1965년에 태국의 고속도로 공사를 수주한 바 있다. 첫 번째 해외공사 수주였다.

그로부터 48년이 흐른 2013년 11월엔 14억 달러짜리 UAE원전공사를 수주하였다.

이 공사까지 합친 금액이 약 1,000억 달러이다.

이에 현대건설은 다음과 같은 대대적인 홍보를 했다.

> 현대건설 국내 건설업계 최초
> 해외누적수주액 1천억 달러 달성!

그런데 현수는 불과 한두 달 사이에 이 모든 것을 합친 것보다도 더 큰 공사를 수주한 것이다.

박진영과 구본홍은 건설업계 사람들이다. 그렇기에 현대건설의 이런 홍보문구를 부러워한 적이 있다.

이제 천지건설도 대대적인 홍보를 할 수 있게 된다.

> 『 천지건설 』 세계 건설업계 최초
> 해외누적수주액 2천억 달러 돌파!!!
> 《 단 1년 3개월 만에 이루어낸 성과 》

2013년 2월 11일에 수주한 35억 달러짜리 잉가댐 공사를 시작으로 한 일이니 불과 1년 3개월이 맞을 것이다.

이제 다른 모든 건설사가 부러워할 상황이 되는 것이다.

"부사장님! 나머지 공사도 수주될까요?"

구본홍의 물음에 현수는 짐짓 농담조로 말을 받는다.

"수주되면 좋겠죠?"

"그럼요, 그럼요! 당연한 말씀이잖아요. 그것까지 수주하면 우리 회사 엄청 커지는 거잖아요. 그죠?"

구본홍의 고개가 정신없이 고개가 위아래로 움직인다.

"그거까지 되면 우리 회사 세계 Top 10안에 들어가겠지."

박진영 과장 또한 상기된 표정으로 현수를 바라본다.

"전에도 말했지만 삿된 마음 없이 진심으로 일하면 좋은 결과가 있을 겁니다. 그나저나 내일 아침 일찍 귀국하세요. 가서 이곳 분위기 전해주고 빨리 검토되도록 하세요."

"네, 알겠습니다. 그런데 부사장님은 어디 다른 데 가실 데가 있나 봅니다."

"네! 콩고민주공화국과 러시아, 그리고 몽골과 북한을 들러서 갈 겁니다."

"아! 네에."

박 과장은 고개를 끄덕인다. 이실리프 자치령을 둘러볼 생각인 것으로 인지한 것이다.

"그럼 가서 쉬세요."

"네! 부사장님도 편히 쉬십시오."

박진영과 구본홍이 나가자 현수는 창가에 서서 밖으로 바라보았다. 그런데 뭔지 위화감이 느껴진다.

"이건……! 살기? 블링크!"

챙, 와장창창!

창가에 있던 현수의 신형이 사라지던 순간 뭔가가 유리창을 깨고 날아든다. 다음 순간 산산이 부서진 유리조각들이 창가로 흩어진다. 이 순간 몇 발짝 뒤로 물러났던 현수의 입술이 다시 달싹인다.

"블링크! 블링크! 플라이! 퍼펙트 트랜스페어런시!"

객실 안쪽에 있던 현수의 신형이 두어 번 번쩍이더니 호텔 밖 허공에 나타났다. 그리로 바로 다음 순간 곧바로 안개처럼 흩어져 버린다.

저격소총을 갈긴 놈은 분명 흑룡일 것이다.

"이놈! 여기까지 따라오다니."

눈에 보이지 않는 현수의 신형은 빠른 속도로 이동하는 중이다. 위화감의 근원이었던 곳을 향한다.

이 순간 요란한 배기음이 터져 나온다.

부아아아아앙—!

"이런 빌어먹을! 또야?"

배기음으로 미루어 짐작컨대 할리 데이비슨일 것이다. 현수는 빠른 속도로 멀어져 가는 표적을 향해 달렸지만 그랜드마스터라고 시속 150㎞ 이상으로 달릴 수 있는 건 아니다.

잠깐 정도는 가능하지만 지속적인 달리기는 불가능한 것이다. 그래도 최선을 다해 볼 생각이다.

"매직 캔슬! 헤이스트!"

퍼펙트 트랜스페어런시 마법이 해제됨과 동시에 현수의 신형이 나타났는데 엄청난 속도로 질주한다.

놈이 직선으로만 도주하지 않으면 골목골목을 꺾을 때마다 속력을 줄여야 한 것이다. 그때를 노려본 것이다.

"이이잇!"

전력을 다해 달리기 시작하자 두 사이의 거리가 줄어들기 시작한다. 100m 달리기 세계 기록은 2009년 베를린 대회 결승에서 우샤인 볼트가 기록한 9초 27이다.

이를 시속으로 환산해 보면 약 38.83㎞/h이다.

그런데 지금 현수는 이보다 훨씬 빠른 속도로 질주한다. 아니, 쏘아져 간다.

100m를 거의 2초에 주파하고 있는 것이다. 시속 180㎞/h 정도 되니 할리 데이비슨과의 간격이 좁혀지는 것이다.

그랜드 마스터의 막강한 체력 플러스 헤이스트 마법의 결과이다.

"멈춰―!"

버럭 소리를 지르며 오토바이의 뒤를 쫓자 도주하던 녀석이 뒤를 돌아본다. 이 순간 녀석의 얼굴을 볼 수 있었다.

30대 중반, 스포츠머리, 찢겨져 올라간 눈, 매부리 코, 얇은 입술, 그리고 입가에 남아 있는 자상의 흔적을 보았다.

부아아아아아앙―!

놈이 스로틀을 당기자 할리 데이비슨의 속도가 빨라진다.

직선 코스였기에 거칠 것 없이 쏘아져 간다. 반대로 현수의 속도는 차츰 줄어든다.

사람인 이상 체력이라는 것이 있기 때문이다.

"치잇―!"

달리기를 멈춘 현수는 놈의 뒷모습을 눈에 담았다.

널찍한 어깨, 잘록한 허리 등으로 미루어 짐작컨대 평상시 체력 관리를 하는 놈이다.

등에 지고 있던 케이스를 보니 체이탁인 듯하다.

"다음엔 놓치지 않겠어."

돌아서 호텔로 되돌아왔다.

"헤이스트나 블링크만으론 부족해. 늘 이런 식이면 내 눈에 보이는 곳으로 즉시 이동하는 마법을 만들지 않으면 놈을 잡을 수 없어."

실제로 흑룡은 현수에게 총을 쏜 직후 즉각 자리를 떴다.

결과조차 확인하지 않고 현장을 떠난 것이다. 성공 여부는 신문 또는 방송에서 확인하면 되는 일이기 때문이다.

매번 이렇게 저격하고 즉각 자리를 떠버리면 영원히 잡을 수 없다. 항상 경호원들을 천지사방에 깔아놓지 않은 한은 그러하다.

그런데 그럴 수도 없고, 그렇게 하고 싶지도 않다.

따라서 방금 전의 생각처럼 즉시 공간이동을 할 수 있는 마법이라도 개발해야 한다.

블링크처럼 불특정 방향으로의 위치 이동이 아니다.

원하는 곳으로의 이동이다.

워프나 텔레포트는 좌표가 있어야 한다. 그런 것 없이 눈에 보이는 곳으로 가야 한다. 거리가 가까울 수도 있고, 멀 수도 있다. 따라서 평범한 마법은 아닐 것이다.

"흐으음! 두고두고 생각해 볼 일이군."

시간 여유가 있을 때 조용한 곳에서 차분히 연구를 해도 오래 걸릴 일이다. 관련 마법들의 룬어 배열을 일일이 확인하는 시간만 해도 상당할 것이다.

"가만! 매직미사일은 목표물을 따라가잖아. 그렇다면 텔레포트나 블링크를 하되 타깃이 정해지게 하면 되는 거 아닌가? 근데 어떻게 해야 하지?"

현수는 대학에서 수학을 전공했다.

수학이란 복잡하고 까다로운 문제를 명쾌한 방법으로 설명하거나 해결해 내는 학문이다.

몹시 어려울 것이라 생각했는데 뜻밖에도 금방 실마리를 잡은 듯하여 기분이 좋아졌다.

물론 접근 방법을 발견했다 하여 반드시 해결까지 쉬운 것이 아니라는 것을 알지만 그래도 그게 어딘가!

하여 입가에 미소를 띠운 채 엘리베이터에 몸을 실었다.

땡―! 스르르르룽―!

엘리베이터 문이 열리자 스위트룸 앞에 있던 박 과장이 얼른 다가온다.

"아! 부사장님! 다행입니다."

"네?"

"외출하셨던 겁니까? 정말 다행입니다."

"뭔 소리예요?"

"어떤 미친놈이 부사장님이 머무실 객실에다 대고 총을 쏜 모양이에요."

"……!"

현수는 아차 했다. 에티오피아 정부에서 특별 경호를 해주고 있음을 깜박한 것이다.

'밖에 나갔다 온 걸 뭐라 설명하지?'

본인이 룸 안에 들어간 후 바깥엔 여섯 명의 경호원이 있었다. 이들의 눈을 피해 외출한다는 건 거의 불가능하다.

그런데 밖에서 들어왔으니 의아할 것이다. 현수가 이런 생각을 하고 있을 때 군복 차림 사내가 정중히 고개 숙인다.

"어디 다치신 데는 없으십니까?"

"네! 그렇습니다."

"누군가 총격을 가해 객실 창문이 깨졌습니다. 머무실 수 없을 것 같아 다른 객실을 준비했으니 옮기시지요."

"…그러죠."

바뀐 방 역시 스위트룸이다. 다행히도 안에 있던 사람이 어떻게 바깥에서 왔는지에 대한 질문은 하지 않았다.

현수는 방으로 들어가 한 번 훑어보고는 차량을 요청하였다.

요구 사항은 즉시 받아들여졌고, 현수는 경호 차량에 둘러싸인 채 코리안 빌리지로 이동했다.

"할아버지, 안녕하셨지요?"

현수의 인사를 받은 한국전 참전용사 바샤 아스토우는 환한 웃음을 지으며 자리에서 일어선다.

"아이고, 이게 누구신가? 어서 오시구랴, 성자 양반!"

"에이, 성자라뇨. 그냥 미스터 킴이라고 불러주세요."

"미스터 킴? 그려, 본인이 원하면 그리 불러주지. 한데 여기는 웬일인감?"

"그냥 인사드리러 왔어요. 몸은 괜찮으시죠?"

"그럼, 그럼! 성자님이 돌봐줘서 아주 멀쩡해. 올가을엔 새 장가를 가도 될 정도이네."

바샤 아스토우 할아버지는 익살스런 표정을 짓는다. 어찌 장단을 맞춰주지 않을 수 있겠는가!

"하하! 그럼 축하드리러 또 와야겠네요."

"그려, 그려! 또 와, 또 와야지. 이렇게 보면 반가운데."

환히 웃는 바샤 아스토우 할아버지는 앞니가 하나도 없다. 치과 진료를 받을 형편도 못되지만 아디스아바바에선 치과 진료를 받는 게 쉬운 일이 아니기 때문이다.

이곳에서 치과라고 할 수 있는 건 달랑 세 곳뿐이다.

당연히 고관대작 및 부자들의 전유물이고, 그나마 외국인들이 이용할 만한 건 없다. 한마디로 열악하다.

'근데 리야 아스토우는 뭐한 거야? 치과에 모시고 갔어야지. 참! 비싸서 그랬을까?

처음 이곳을 방문했을 때 아스토우 할아버지가 살던 집은 다 쓰러져 가는 양철집이었다. 끼니를 걱정해야 할 정도였다는 걸 감안하면 치과 진료는 꿈도 못 꿀 일이었을 것이다.

내일 아침, 현수는 킨샤사로 갈 예정이다. 가면 의료원 건립 문제 등을 알아볼 생각이다.

'흐음, 그리고 보니 의료기관을 거의 못 봤어. 근데 로마우바이할 의무부장관은 주무장관으로서 뭐를 하는 거지? 상당히 개혁적인 마인드를 가진 사람인 것 같았는데.'

2014년 국가별 GDP를 비료해 보면 한국은 1조 1,295억 3,600만 달러이고, 에티오피아는 425억 1,600만 달러이다.

한국이 26.5배나 더 많다.

따라서 한국을 기준으로 생각하면 안 되지만 현수는 그것을 망각한 채 낙후된 의료 환경을 왜 개선시키지 않는가를 생각하고 있는 것이다.

"성자 양반! 이렇게 왔으니 잠시만 기다리시우. 금방 가서 커피 한 잔 가져올게."

"네? 아, 아닙니다. 커피 안 주셔도 됩니다."

"아니긴……! 리야가 그랬네. 성자 양반 커피 좋아한다고. 조금만 기다리면 될 거네."

말을 마친 아스토우 할아버지는 밖으로 나간다. 현수는 시선을 돌려 집 내부를 살폈다.

아직 공사 중인지라 완공된 것은 아니지만 전에 살던 곳에 비하면 훨씬 나아졌다. 단열시공이 제대로 잘되었는지 덥지 않다는 느낌이다.

화장실 문을 열어보니 서울의 여느 아파트 부럽지 않은 시설이 갖춰져 있다. 내친김에 여기저기를 둘러보는데 누군가 다가온다.

"안녕하십니까? 한창호 건축사 사무소에서 파견 나온 현장 감독 이정빈입니다."

"아! 그래요? 반갑습니다. 김현수입니다."

"네, 압니다. 아주 유명한 분이시잖아요."

40대 초반으로 보이는 사내는 아주 살가운 미소를 지으며 정중히 고개 숙인다.

"공사는 어때요? 잘 진행됩니까?"

"그럼요! 아주 잘 진척되고 있습니다. 특히 여기 공무원들의 적극적인 협조가 아주 인상적입니다."

이정빈 현장감독은 이곳에 와서 몇 번을 놀랐다.

첫째는 열악한 환경이다. 처음엔 무엇 하나 제대로 된 것이 없다는 느낌을 받았었다.

둘째는 공무원들이 매우 협조적이면서도 양심적임을 느낄 수 있었다. 허가를 받아야 할 일이 있거나 공무원들의 도움이 필요한 걸 이야기하면 그야말로 재까닥 이루어진다.

천지약품이 들어설 자리는 아무것도 없는 허허벌판이다. 그렇기에 공사에 앞서 걱정이 많았다. 그런데 대부분이 기우였다. 건축허가는 서류접수 후 두 시간 만에 떨어졌다.

그리곤 곧바로 가설전기가 들어왔다. 공사장 진입로 정비도 공무원들이 나서서 해결했다. 국제전화가 가능한 전화선과 유선 인터넷선도 말하기 전에 공사장까지 끌어왔다.

그야말로 공사함에 있어 조금도 귀찮은 일이 벌어지지 않도록 미리미리 알아서 챙겨주었던 것이다.

하여 뇌물을 바라나 싶어 봉투에 돈을 넣었다.

기회를 보아 찔러줄 생각을 한 것이다. 그런데 아예 그런 걸 바라는 기색조차 보이지 않았다.

그러다 기회를 잡아 돈이 든 봉투를 주었더니 열어 보고는 화들짝 놀란다. 그리곤 봉투를 돌려주고 도망갔다.

그날 이후엔 아예 가까이 다가서지도 않는다.

일정한 간격 밖에 서서 협조해 줄 것이 무어냐고 묻곤 한다. 또 봉투를 줄까 싶어서인 듯하다.

세 번째는 이곳 사람들이 너무 순박해 놀랐다.

코리안 빌리지 사람들은 원래부터 한국에 대해 호감을 가진 사람들이다. 현수의 무료 봉사 이후에 더 심해졌다.

그래서 뭐라고 말만 하면 다 들어준다.

예를 들어, 공사현장에서 설계변경을 하여 도면을 출력하려 하는데 플로터[6] 용지가 없었던 적이 있다. 하여 지나가는 말로 그게 없어 불편하다고 투덜댔었다.

한국에서 가져온 것은 다 썼고, 아디스아바바에선 어디에서 그걸 파는지조차 알 수 없었던 때문이다.

그랬더니 누군가 이 말을 듣고 시내로 나가 용지를 구해왔다. 용지를 구매한 금액 이외에도 교통비를 주려 했지만 한사코 거절하여 몹시 미안했었다.

그래서 함부로 투덜대지도 못한다. 말을 꺼낸 게 미안한 경우가 여러 번 있었던 때문이다.

코리안 빌리지 사람들이야 현수에게 입은 은혜가 있기 때문에 이처럼 헌신적인 것이다.

참전용사 가족들은 최소 1인 이상이 고용되어 급여를 지불받는 중이다. 그렇지 않다 하더라도 상당히 많은 인원이 천지약품의 정직원으로서 근무한다.

이들에겐 각기 한 채씩 사택이 주어진다. 근무하는 기간 동안 무료로 사용할 수 있는 연립주택이다.

당연히 이전의 거처에 비하면 궁궐이다.

한국에서 가져온 건축자재가 사용되며, 한국산 가전제품들이 빌트인되어 있기 때문이다.

---

6) 플로터(Plotter) : 종이나 필름 따위의 평면에 표나 그림으로 나타내는 출력 장치. 주로 대형 인쇄에 쓴다.

현수가 지적해 준 곳에서 뽑아 올린 물의 수질은 상수도로서 충분하였다. 그런데 현수의 양에는 차지 않는다.

하여 물의 최상급 정령 엘리디아를 호출했다. 그리곤 지하수의 수질개선을 명령했다. 아마도 내일부터는 생수 가운데에서도 최상급인 물이 나오게 될 것이다.

아디스아바바에선 교사 급여가 월 100달러 수준이다. 그런데 천지약품은 직원들 평균 급여가 300달러이다.

하는 일의 난이도와 중요도, 그리고 숙련도에 따라 약간씩 차등을 두었다. 동기부여를 위함이다.

최고는 350달러이고, 최하가 250달러이다.

불과 100달러 차이지만 여기선 교사 급여와 같은 금액이다. 그렇기에 지각, 결근, 태만하는 직원을 볼 수 없다.

누구든 열심히 일해 맡은 분야의 일의 전문가가 되면 최고 등급의 급여를 받게 되기 때문이다.

그래서 업무 교육을 할 때에도 조는 사람이 없다. 오히려 이해하지 못한 것을 깨우치기 위한 질문이 빗발친다.

직원들이 가장 많이 놀란 건 회사에서 점심식사를 제공해 준다는 것이다. 그것도 질 좋은 식재료를 사용한 뷔페식이다.

무제한 공급되는 신선한 채소와 각종 축산물은 직원들의 영양상태 개선에 기여하고 있는 중이다.

처음엔 점심때 많이 먹으려고 아침을 굶고 오는 사람들이 많았으나 지금은 그렇지 않다. 배를 곯지 않기 때문이다.

아무튼 현장감독 이정빈은 요즘 꿈결 같은 공사현장에 머문다고 블로그에 글을 올린다. 본인은 잘 모르지만 이실리프 자치령에 관심이 있는 사람들이 즐겨 찾고 있다. 이곳 상황이 어떤지 궁금한데 정보가 없기 때문일 것이다.

이 감독은 사람들의 질문에 성심껏 댓글을 단다. 밤이 되면 딱히 할 일이 없기 때문이다.

"공사는 언제쯤 끝납니까?"

"처음 발주된 천지약품 사무실과 물류창고 공사는 앞으로 한 달 정도만 더 있으면 완공이 됩니다. 연립주택도 1차 발주된 건 비슷한 시기에 지어질 겁니다."

"그래요? 다행입니다. 자재수급이랄지 뭐 어려운 점은 없습니까?"

"전혀요! 한국에서 공사하는 거나 다름없을 정도로 다 괜찮습니다. 근데 참, 하나 여쭙고 싶은 게 있습니다."

"말씀하십시오."

"연립주택 공사가 계속해서 추가되고 있는데 어느 정도 규모가 되어야 끝나게 됩니까?"

이정빈은 이곳에 온 이후 한 번도 귀국하지 못했다.

해외근무이고, 환경 자체가 열악하다 하여 많은 급여를 받기는 하지만 이러다 아이들 얼굴을 잊을까 싶은 것이다.

이곳 코리안 빌리지의 위치는 아디스아바바 시내의 워레다(Woreda) 13지역 케벨레(Kebele)이다.

이곳에 마을이 생긴 지 어언 40여 년이 흘렀다. 그동안 참전용사가 아닌 사람들이 이전해 오기도 했다.

거꾸로 참전용사들은 타지로 이전하기도 했다.

하여 현재에는 4만여 명의 주민 중 겨우 30여 명만이 참전용사이다. 많은 수가 천수를 다하고 세상을 하직한 때문이기도 하다.

"직원들에게 각기 한 채씩 거주지를 제공될 때까지 지을 겁니다. 처음보다 인원이 많이 늘다 보니 계속 추가 공사가 있는 모양이네요."

"아! 네에."

맨 처음 채용했던 50여 명을 위한 집은 다 지어지는 중이고, 추가로 채용한 50여 명을 위한 집은 착공된 상태이다.

집 짓는데 오래 걸리는 일이 아니므로 몇 달 후면 귀국할 수 있을 것이라 생각한 이정빈은 환히 웃는다.

향후 15년을 더 에티오피아에서 머물게 되며, 가족들까지 모두 이주해 올 것이란 생각은 하지 못하고 있다.

연립주택 공사가 끝날 즈음 아와사 지역 공사책임자로 발령 나기 때문이다.

현재의 직급은 차장이다. 그런데 아와사로 전보발령이 나면서 일약 이사가 된다. 급여도 대폭 늘어나는데다 에티오피아의 자연이 얼마나 아름다운지, 이곳 사람들이 얼마나 순박한지를 깨닫기에 돌아가지 못하는 것이다.

"그나저나 고강철 씨는 어디에 있습니까?"

고강철은 거짓 자백을 하여 청송교도소에 수감되어 있던 사람이다. 현수가 지현과 여행을 할 때 구해주었다.

서울에 머무는 동안엔 영어 공부에 매진했고, 이곳에 도착해서는 코리안 빌리지 촌장댁에 머물렀었다.

부인 이숙희 여사와 두 딸과 함께였다.

"고 지점장님이요? 아마 저쪽 현장에 계실 겁니다."

이 감독이 손으로 가리킨 곳은 천지건설 물류창고가 지어지고 있는 곳이다.

"이런 거 물어서 좀 그렇긴 한데 이 감독님 보시기에 고 소장님은 어떻습니까?"

"아이고, 말도 마십시오. 아침 여섯 시면 현장에 와서 하루 종일 여기저기 기웃거리면서 살피는데 얼마나 깐깐한지 모릅니다. 미장공이 일하고 나면 바닥이 편평하지 않다고 잔소리를 하곤 합니다."

이정빈 감독 입장에서 보면 고강철 천지약품 아디스아바바 지점장은 건축주에 해당된다.

이 감독은 현장소장이 아니라 감독이다.

도면대로 제대로 공사가 진행되는지 파악하고 기술적인 자문을 요구할 때 적절한 답변을 해주는 사람이다.

시공에 문제가 있을 경우엔 건설사에서 파견한 현장소장에게 클레임을 걸어야 하는데 매번 이 감독에게 투덜거린다.

현장소장 고현덕은 고강철보다 훨씬 연배이다.

게다가 고(高) 씨는 본관이 하나뿐이다. 처음 만났을 때 항렬을 따져보곤 아저씨라 부른다. 항렬까지 높은 것이다.

그러니 대하기 어려워 이 감독에게 이야기하는 것이다.

어쨌거나 고강철 지점장에 대해 이야기하는 이정빈의 표정은 지겹다거나 짜증난다는 것이 아니다.

"……!"

"처음엔 건축에 문외한이 분명했는데 얼마나 공부를 많이 했는지 지금은 콘크리트 양생 기간까지 따져요, 그리고, 벽돌 작업을 할 땐 하루에 1,200㎜ 이상 못 쌓게 하려고 야단이었어요. 사실, 1,500㎜까지는 괜찮은데 말이죠."

현수도 자재과에 있으면서 건축시공이라는 책을 읽은 바 있다. 건설사 직원이니 최소한은 알아야 하기 때문이다.

"그렇긴 하죠. 하지만 너무 높게 쌓으면 양생되면서 휘어지는 현상이 발생될 수 있어 그런 거잖아요."

"네에, 그렇긴 하죠. 아무튼 점점 더 전문가가 되고 있습니다. 정말 성실한 분입니다. 사리사욕도 없구요."

현수는 기분이 좋아졌다.

고강철은 사촌형인 고진철, 고인철을 대신하여 옥살이를 한 바 있다. 그동안 아내는 험한 꼴을 당했고, 아이들은 고아원에 보내졌었다.

처지가 안타까워 도움의 손길을 베풀었는데 이제는 든든한 협력자가 된 듯하다. 그러니 기분 좋은 것이다.

CHAPTER 07
코리안 빌리지의 성자

　현수는 이정빈에게 현장에 대해 여러 가지를 물었다. 모든 것이 계획대로 진행되고 있으며, 걸림돌은 없다.

　은행으로부터 융자를 받아 공사를 진행하는 것도 아니고, 필요한 자재는 즉시 현금으로 지불하고 반입한다.

　이쯤 되면 불량배들의 시비가 있을 법도 하다. 돈 많은 현장이라 소문날 것이기 때문이다.

　하지만 그런 일은 벌어지지 않았다. 아니, 그럴 수 없다.

　현수에게 무례를 범해 옷을 벗을 뻔했던 아디스아바바 경찰서장 때문이다. 본인의 심복이라 할 수 있는 베켈레 경위와

킬라 경사로 하여금 부하들을 이끌고 상주하게 한다.

다시 말해 공사장 전체를 경찰이 지켜주고 있다. 이러니 불량배들의 접근이 불가능한 것이다.

한국으로부터 들여오는 각종 건축자재는 일사불란한 통관절차를 거쳐 곧바로 현장으로 보내지는 중이다.

현장에서 일하는 인부들 대부분은 실력을 인정받은 자들이다. 그렇게 되도록 에티오피아 정부가 손을 쓴 결과이다.

이런저런 이야길 하는데 아스토우 할아버지가 들어선다.

"에구, 감독님도 여기 계셨구랴."

"네, 할아버지."

이 감독은 정중히 고개 숙여 예를 갖춘다.

"어라! 손님이 계시네. 아하, 현장감독이라는 양반이구만. 거봐라, 스잔! 내가 넉넉한 게 좋다고 했지?"

"네에, 할아버지. 그러네요."

아스토우 할아버지의 뒤를 따라 들어온 아가씨는 촌장의 손녀이다. 현수는 처음 이곳에 왔을 때 본 적이 있다.

"어머! 성자님!"

현수와 시선이 마주치자 스잔은 화들짝 놀라는 표정을 짓는다. 현수가 아픈 할머니를 말끔하게 고쳐준 고마운 이이기 때문이다.

"에구, 성자라니요. 그렇게 부르지 말아요. 스잔! 그나저나 오랜만이네요. 할머니는 좀 어떠서요?"

현수와 스잔의 대화는 암하라어이다.

그렇기에 이 감독은 눈만 동그랗게 뜬다. 원주민보다도 더 원주민 같은 유창한 현수의 발음 때문이다.

현수가 아스토우 할아버지를 치료해 준 날 본 촌장의 부인이자 스잔의 할머니 역시 현수의 손길을 받았다.

그때 스잔의 할머니는 녹내장으로 조만간 시력을 잃을 상황이었다.

녹내장은 안압의 상승으로 인해 시신경이 눌리거나 혈액 공급에 장애가 생겨 시신경 기능에 이상이 초래되는 질환이다. 여러 종류가 있지만 치료가 어렵다.

안과를 찾아도 악화되는 속도만 간신히 늦출 수 있을 뿐이다. 다시 말해 녹내장에 걸리면 언젠가는 시력을 상실하게 된다. 그런데 지금 스잔의 할머니는 말짱한 두 눈을 가졌다.

마나포션 반병과 리커버리 마법이 빚어낸 기적이다.

그날 이후 스잔은 현수를 진짜 성자로 대접하는 중이다.

아무튼 영어가 아닌지라 이정빈 감독은 화기애애한 분위기라는 것 정도만 짐작할 뿐이다.

"할머닌 괜찮으셔요, 기력도 많이 좋아지셔서 이젠 마실도 다니시구요. 이 모든 게 성자님 덕분이에요, 고마워요."

"고맙기는요. 그나저나 그 커피 우리 줄 거예요?"

"네? 아, 네에, 그, 그럼요. 잠시만요."

스잔은 가져온 포트의 커피를 잔에 따르며 좋알거린다.

"이건 예가체프 G1 코케(Koche)예요. 향과 맛이 확실히 괜찮을 거예요."

"예가체프 G1 코케라고? 그럼 많이 비쌀 텐데. 어떻게 이 비싼 걸……."

에티오피아는 커피등급을 매길 때 G1~G8로 나눈다.

숫자 앞에 'G'는 Grade의 이니셜이고, 뒤의 숫자가 작을수록 좋은 등급이다.

이는 커피생두 300g에 결점두[7])가 얼마나 많이 섞여 있는지에 따른 구분이다. 참고로 G1은 0~3개, G2는 4~14개, G3는 13~25개이다. 최하등급인 G8은 340개 이상이다.

어쨌거나 예가체프 G1 코케는 최상급 커피이다. 기가 막힌 꽃향기가 나는 느낌을 받는다고 한다.

허름한 판자촌이나 다름없는 코리안 빌리지 사람들이 즐기기엔 매우 비싼 물건이다.

"아무리 비싸도 성자님이 오셨는데 이 정도는 드려야죠. 어서 맛을 보세요."

"고마워요, 스잔. 이 감독님! 이 커피가 에티오피아에서도 최상급이라고 합니다. 한번 드셔보세요."

---

7) 결점두(Defect bean) : 생두 중에 결함이 있는 콩. 발효나 건조과정과 탈곡 과정, 보관과정 등 전 과정에서 발생된다.

"아! 그래요? 그럼 감사히……."

후륵, 후루루룩—!

"흐으으음……! 아아아!'

이정빈 감독 역시 커피 애호가이다. 그렇기에 맛과 향의 섬세한 차이를 금방 알아낸 모양이다.

"와아! 이건 정말 좋네요."

이 감독은 워낙 커피를 좋아하기에 에티오피아 현장감독으로 누가 가겠느냐는 공고가 붙었을 때 모두가 꺼려할 때 가장 먼저 지원했다.

멀고 먼 타국이고, 모든 게 낯설고, 불편하겠지만 본고장 커피를 맛볼 수 있다는 장점이 지원 배경이다.

아무튼 이곳에 부임한 이후 틈만 나면 아디스아바바 시내를 돌아다니며 오리지널 본고장 커피를 두루 섭렵한다.

하여 스스로 행복한 나날을 보내는 중이라고 블로그에 글을 올렸다. 그런데 오늘 마신 게 그중 최고인 듯하다.

그렇기에 이정빈 감독은 엄지손가락을 치켜세우곤 고개를 끄덕인다.

"그죠? 흐음, 향기도 좋고 맛도 좋네요."

현수 역시 향긋한 커피향이 마음에 들었다. 하여 홀짝거리며 금방 잔을 비운다.

"더 드려요?"

"좋죠!"

스잔이 따라준 커피 역시 금방 비웠다.

"성자님이 좋아하셔서 다행이에요."

"에구, 성자라고 부르지 말라니까요."

"아니에요. 성자님 맞잖아요. 그러니 성자님이라 불러야지요. 근데 아픈 사람이 있는데 혹시 봐주실 수 있어요?"

"어디가 아파요?"

"성자님 소문을 듣고 디레다와에서부터 온 사람이에요."

"디레다와(Diredawa)요?"

남의 나라이기에 지명만 듣고는 어느 곳인지 알 수 없다.

디레다와는 에티오피아 동부에 위치한 높이 약 1,300m의 고원에 있는 도시이다. 교통과 상업의 중심지이며, 커피 · 피혁 따위의 거래가 이루어진다.

"네, 거기 시멘트 공장에서 일하는 분이신데 호흡이 곤란하다고 해요. 기침도 많이 하구요."

스잔은 매우 조심스런 표정이다. 바쁜 현수에게 부담 주지 않으려는 의도일 것이다.

"어디 있어요?"

"…봐주실 거예요?"

"그러니까 어디에 있느냐구요."

"저희 집에 있어요. 우리 외삼촌이거든요."

"갑시다. 마신 커피값을 해야지요."

현수가 자리에서 일어나자 이정빈은 왜 그러냐는 표정이다. 무슨 일이라도 생겼나 싶었던 모양이다.

"이 감독님! 제가 볼일이 생겼네요. 또 봬요."

"네? 아 네에."

주빈(主賓)이 일어서니 따라서 일어설 수밖에 없다는 듯 어정쩡한 자세와 표정이다. 그러거나 말거나 현수는 스잔을 따라 밖으로 나섰다.

아스토우 할아버지는 내용을 알기에 고개만 끄덕인다.

현수가 가기만 하면 기식(偩息)이 엄엄하던 스잔의 외삼촌이 금방 쾌차할 것이라 생각하는 것이다.

촌장의 집은 이전과 많이 달라져 있다. 촌장의 아들 가운데 하나가 천지약품 직원으로 채용되어 많은 월급을 받아오게 된 때문이다. 그전엔 고색창연한 것 일색이었는데 최신형 LED 텔레비전이 있다. 자세히 보니 한국산이다.

하루 종일 집에만 있는 아스토우 할아버지를 위해 약간은 무리한 듯싶다.

"이쪽으로……."

잔뜩 쌓여 있는 물건들 사이의 좁은 통로를 따라 들어가니 졸고 있던 아낙이 화들짝 놀라며 일어선다.

그녀의 곁에는 열 살쯤 되어 보이는 꼬맹이와 여덟 살쯤 된

계집아이가 있다.

같이 졸고 있다가 엄마가 깨니 따라서 일어난 듯하다.

"외숙모! 인사드려요. 성자님이세요."

"…이분이……? 어, 어서 오세요. 성자님! 우리 그이 좀 살려주세요. 흑흑! 우리 그이 하루 종일 일만 한 죄밖에 없어요. 근데, 근데… 흑흑! 숨도 제대로 못 쉬어요."

여인의 눈에서 금방 굵은 눈물방울이 떨어진다. 엄마가 우니까 곁의 아이들의 눈도 금방 습해진다.

"한번 봅시다."

현수가 발걸음을 내딛자 여인과 아이들이 물러선다.

그리고 보니 이곳은 촌장의 집 후원의 흙벽에, 양철지붕을 얹은 집이다. 한낮의 열기가 아직 가시지 않아 후끈거린다.

어두컴컴한 실내로 들어가니 구석에 침상이 놓여 있다.

"허어억! 허어어억! 쌔에에엑! 쎄에에엑! 쿨럭, 쿨럭!"

호흡이 원활치 못하고 기관지도 좋지 않다는 뜻이다.

'시멘트 공장에서 일한다고 했지? 그럼 진폐증(塵肺症)일 확률이 높군. 마나 디텍션!'

샤르르르릉ㅡ!

형체도 없고, 소리도 없으며, 아무런 향기도 없는 마나가 사내의 몸으로 스며든다.

현수는 사내의 몸속으로 번지는 마나를 살폈다. 예상대로 폐 쪽에서 답답한 흐름을 보인다.

진폐증이란 눈에 보이지 않을 정도로 작은 크기의 먼지가 숨을 쉴 때, 코와 기관지를 통해 폐로 들어가서 쌓이게 되어 정상적인 폐가 굳어지고 제 역할을 하지 못하게 되는 병이다.

현대의 첨단의학으로도 치료할 수 없는 불치병이다.

"헤에엑! 누, 누구? 헤에엑! 누구시오? 흐아악!"

잠들어 있던 사내가 인기척을 느꼈는지 힘겹게 눈을 뜨곤 고통스런 표정으로 묻는다.

"호흡하기 힘들고, 기침이 자주 나며, 가슴에서 통증이 느껴집니까?"

"허어억! 허어억! 그, 그렇습니다. 그, 근데 누구……?"

"시멘트 공장에서 일한 지는 얼마나 되었습니까?"

"공장……? 이, 이십오 년이오."

"알겠습니다. 슬립!"

마법이 구현되자 사내의 눈이 감긴다. 워낙 작은 음성이었는지라 뒤에 있던 사람들은 듣지 못했다.

"스캔! 진폐증인 것 같소. 치료할 테니 물러서요."

"네, 성자님!"

현수를 도와 기적을 일으켰던 리야 아스토우는 현수가 어떤 방법으로 치료하는지를 본 적이 없다고 했다. 하여 밖으로 나갈 생각을 하고 있었는데 안 그래도 되는 모양이다.

스잔은 물론이고, 사내의 아낙과 아이들 역시 눈빛을 빛내며 바라보는 중이다.

[아리아니! 엘리디아 불러줄래?]

[네! 주인님. 엘리디아! 주인님께서 부르신다, 어서 나와.]

아리아니의 의지가 허공으로 번지고 얼마 지나지 않아 무색투명한 엘리디아의 동체가 나타난다.

아리아니와 엘리디아는 현수 이외의 인간에겐 보이지 않는다. 심지어 짐승들도 존재감을 드러내기 전엔 전혀 눈치채지 못한다.

[부르셨사옵니까? 마스터!]

[그래! 이 사내의 폐 속에 들어가 보면 아주 작은 알갱이가 많이 박혀 있을 거야. 그것들 다 끄집어낼 수 있겠어?]

[그리 어렵지 않은 일 같사옵니다. 마스터! 그런데 이 인간이 움직이지 못하도록 해주셔야 합니다.]

현수가 스잔과 외숙모를 밖으로 나가게 하지 않은 이유는 마법을 쓰지 않을 것이기 때문이다.

폐에 박혀 있는 작은 알갱이들을 빼내는 것은 컴플리트 힐이나 리커버리로는 불가능하다.

회복포션이나 마나포션을 써도 소용이 없다.

인간의 생체조직의 이상을 치유하는 게 아니라 박혀 있는 이물질들이 문제가 되기 때문이다.

엘리디아가 스스로의 몸을 가늘게 하여 환자의 폐까지 들어가 작은 알갱이들을 일일이 걷어내야 하는 것이다.

현수는 엘리디아가 쉽사리 환자의 몸속으로 들어가도록 살짝 뒤로 물러서며 속삭였다.

"스테츄!"

샤르르르릉—!

"허어억—!"

힘을 줘야 간신히 호흡을 할 수 있던 사내는 갑자기 눈동자마저 움직일 수 없는 상황이 되자 놀란 듯 깨어난다.

그런데 표정이 괴이하다. 몸을 움직일 수 없으니 이대로 죽는다 생각한 모양이다. 이 순간 엘리디아의 몸이 가늘어지면서 사내의 몸속으로 파고든다.

현수 본인도 처음인 상황이라 눈을 크게 뜨고 살피는 중이다. 그런데 저도 모르게 두 손을 살짝 들고 있다.

손바닥이 펴진 상태라 뒤에서 보면 현수가 사내에게 신성한 기운을 불어넣는 모습으로 보인다.

"……!"

스잔과 그녀의 외숙모, 두 아이, 그리고 어느새 다가온 촌장 부부와 몇몇 사람은 숨죽인 채 현수와 환자를 번갈아 바라보고 있다.

어두컴컴했던 실내는 아까보다 훨씬 밝아져 있다.

일반 백열전구가 아닌 수은등을 쓰기 때문이다. 가로등으로 주로 사용되는 수은등이 왜 실내에 있는지 알 수는 없다.

어쨌거나 수은등이 천천히 밝아지는 이유는 발광관의 내부에 봉입된 수은가스의 압력이 열에 의해서 서서히 높아지기 때문이다.

점점 밝아지더니 220V에 100W짜리 백열전구 두어 개를 켠 것만큼이나 밝아진 상태이다.

당연히 환자와 현수의 모습이 또렷이 보인다.

"흐어억, 흐어어억─! 쎄에엑! 쎄에에엑!"

환자의 호흡 소리는 여전히 거칠다. 마치 금방이라도 죽을 듯한 그런 느낌 때문인지 모두 긴장한다.

그럼에도 현수를 제지하거나 왜 이러는지를 묻지 않는다.

현수는 코리안 빌리지의 성자이다.

지금까지 고쳐내지 못한 환자가 없었다. 그렇기에 절대적인 믿음을 가지고 있어 잠자코 있는 것이다.

그러던 어느 순간이다.

"헤에엑! 헤에엑─! 쿨럭! 쿨럭!"

기침과 함께 뭔가가 입에서 튀어나온다. 작은 알약만 한 크기의 뿌연 것이다.

"쿨럭! 쿨럭! 쿨럭!"

또 기침을 했고, 매번 알약 크기의 이물질들이 배출되고 있다. 뭔지는 모르지만 기적이 일어나는 모양이다. 그렇기에 구경하는 모든 이는 서로의 손을 꼭 잡고 있다.

한마음 한뜻으로 기적을 바라는 모습이다.

"흐어억! 쿨럭! 헤에엑! 쿨럭! 흐으읍! 쿨럭! 쿨럭!"

호흡 소리가 조금씩 달라지는 동안에도 계속해서 이물질이 배출된다. 약 20여 개의 알약이 배출된 후론 호흡이 한결 편안해진 듯 거친 숨소리가 아니다.

"흐으음! 휴우우! 흐음! 휴우! 쿨럭! 쿨럭!"

또 두 개의 이물질 덩이가 튀어나왔다.

[마스터! 이 사내의 폐 속엔 더 이상의 이물질은 없어요.]

[그래! 수고했어. 이상 있는 부분은 없어?]

[있는데 고쳤어요. 괜찮죠?]

[그럼! 고마워!]

[고맙기는요. 마스터께 봉사할 수 있어서 기뻤어요.]

[그래? 나도 기뻐. 수고했어.]

현수가 시선을 돌리자 엘리디아는 스르르 물러난다.

"마나 디텍션!"

샤르르르르릉―!

또 한 번 마나나 환자의 체내로 스며든다.

아까와 달리 흐름이 나쁘지 않다. 특히 폐를 지날 땐 다른 부위보다도 더 원활하다.

아직 젊어 그런지 특별한 이상은 없다.

"매직 캔슬!"

"흐으음! 휴우우! 흐으으음! 휴우우우!"

스테츄 마법이 취소되자 비로소 움직일 수 있게 된 환자는 천천히 자리에서 일어난다. 짧은 사이이지만 확연히 안색이 좋아졌고, 호흡 소리는 정상인과 다를 바 없다.

시선을 든 사내는 눈앞의 동양인을 보고 스잔이 했던 이야기를 떠올렸다. 뾰족한 침 몇 개로 수많은 환자를 고쳐낸 코리안 빌리지의 성자에 관한 것이다.

그동안은 숨 쉬는 것조차 힘들었는데 아무렇지도 않자 자신에게 기적이 일어났음을 깨달았다.

하여 서둘러 침상에서 내려오더니 현수의 앞에 무릎을 꿇고 고개를 조아린다.

"서, 성자님……! 이 은혜를 어찌……!"

"아아! 성자님이시여! 감사하옵니다."

"아빠! 아빠!"

"아아! 성자시여."

환자의 아내와 아이들, 그리고 촌장을 비롯한 모두가 무릎을 꿇는다. 눈앞에서 펼쳐진 기적이 만든 현상이다.

현수는 두 손만 약간 벌린 채 환자를 바라보며 입술 몇 번 달싹인 게 전부이다. 그런데 폐 속에 박혀 있던 미세 분진들이 덩어리 져 튀어나왔고, 환자는 멀쩡해졌다.

이게 기적이 아니면 뭐가 기적이겠는가! 이런 기적을 직접 목격했으니 전율을 느끼며 무릎 꿇은 것이다.

"이제 괜찮아요?"

"네, 성자님! 멀쩡해졌어요. 정말 멀쩡해졌습니다요. 감사합니다. 흐흑! 감사하옵니다."

"이름이 뭡니까?"

"소, 소인의 이름은 세나이, 세나이 아브라힘입니다요."

"그래요, 세나이! 몸이 괜찮아졌으니 다행이에요. 앞으론 그 시멘트 회사에서 일하지 말아요."

그렇지 않아도 시멘트 회사에서 일한 것 때문에 숨쉬기 힘든 거 아닌가 생각했었다. 거의 매일 자욱한 분진 속에서 작업하곤 했다. 그럼에도 변변한 마스크조차 지급해 주지 않아 수건으로 대충 입과 코를 감싼 채 작업을 했다.

어찌 먼지를 들이마시지 않았겠는가! 그게 원인이 되어 진폐증에 걸려 오늘내일하고 있었던 것이다.

성자의 말을 모두 들은 세나이 아브라힘은 고개를 끄덕인다. 어떻게 해서 병에 걸렸는지 깨달은 것이다.

"…네, 알겠습니다요."

"이제 집으로 돌아가면 아와사로 이사 가세요."

"아와사요……?"

"네, 거기 가면 새 직장 구하는 게 어렵지 않을 겁니다."

아와사는 세나이가 살던 디레다와에서 엄청나게 먼 거리에 있다. 디레다와는 도시라도 형성되어 있지만 아와사 지역은 변변한 마을조차 찾기 힘든 오지이다.

"성자님! 죄송한 말씀이지만 아와사는 사람들도 별로 없는 곳인데 어떻게 새 직장을 구합니까?"

"아와사가 곧 변할 거예요. 아주 살기 좋은 곳이 될 테니 내 말 믿고 꼭 이사 가세요. 아셨죠?"

"네에."

대답은 하지만 힘이 빠진 듯하다.

멀고 먼 곳까지 아이들을 데리고 갈 생각을 하니 까마득한 기분이 들어서이고, 평상시 친하게 지내던 이웃과 친지들 모두를 내버려 두고 떠나려니 내키지 않아서이다.

이런 심사를 눈치챈 현수는 한마디 더 했다.

"이웃과 친지들도 함께 가자고 해보세요. 아와사는 아디스아바바보다도 살기 좋은 곳이 될 테니까요."

"그 말… 정말입니까?"

중간에 끼어든 이는 코리안 빌리지 촌장이다.

시선을 돌린 현수는 고개를 끄덕였다.

"어쩌다 보니 그곳의 개발권을 내가 갖게 되었습니다. 코리안 빌리지에서도 직장 구하기 힘든 사람들은 그곳으로 보내세요. 가족 전부가 취업할 수 있을 겁니다."

이곳 코리안 빌리지에는 약 4만 명이 산다. 거의 전부 극빈 자이고, 직장을 가진 사람보다 없는 사람이 훨씬 더 많다.

제대로 교육조차 받지 못하여 읽고 쓸 수 있는 사람도 얼마 안 되는 곳이다. 도시에 있지만 환경은 열악하고 발전 가능성 은 거의 없다.

그나마 천지약품 에티오피아 지점과 물류창고 등이 들어 서면서 활력이 생겼으나 그것만으론 코리안 빌리지 전체에 영향을 주기엔 역부족이다.

우선적으로 참전용사의 가족을 뽑았고, 차순위는 읽고, 쓸 수 있는 사람들만 뽑았기 때문이다.

천지약품 직원들이 높은 월급을 지급받자 취업하고 싶어 기웃거리는 사람이 많지만 당분간은 직원수를 늘리지 않을 계획이다. 자선업체가 아닌 영리를 목적으로 하는 사업장이 기 때문이다.

코리안 빌리지는 곤궁을 벗어날 수 없는 곳이다.

한국의 쪽방촌과 비슷한 분위기이다. 그럼에도 이곳에서 사는 이유는 딱히 갈 곳이 없기 때문이다.

촌장도 이곳의 주민이기는 마찬가지이다. 나이 먹은 이들 가운데에서 읽고 쓸 수 있는 몇 안 되는 사람 중 하나이다.

벌써 10년이 넘도록 촌장이라 불리고 있지만 가난하기는 여느 집이나 다를 바 없다. 아들이 천지약품에 취직하고부터 살림이 확 피지 않았다면 여전했을 것이다.

다른 아들들과 시집보낸 딸들 역시 코리안 빌리지의 주민이다. 이 중 절반 이상이 직업 없이 지낸다.

그런데 아와사로 이주하면 가족 전부가 직업을 가질 수 있다니 궁금함을 참지 못하고 끼어든 것이다.

"그, 그럼 우리 아이들도 거길 가기만 하면……."

"네! 특별한 사유가 없는 한 모두 취업 가능할 겁니다."

"세상에……. 아, 알겠습니다. 그리고 감사합니다."

촌장이 고개 숙여 예를 갖추니 현수 역시 고개를 숙였다. 이때 꼬맹이가 현수의 바지를 잡는다.

"아저씨! 우리 아빠 이제 안 아픈 거예요?"

"…그래! 다 나으신 것 같구나. 걱정 많이 했어?"

"네……! 근데 이제 괜찮아요. 울 아빠 다 나았으니까요."

말을 마친 꼬맹이는 제 아빠에게 다가간다.

"그래! 아빠 이제 다 나았어. 여기 계신 성자님이 고쳐주셨으니까 이제 안 아플 거야. 걱정 많았어? 우리 딸!"

"웅! 근데 이제 걱정 안 해. 나 이제 나가서 놀아도 돼?"

"그럼, 그럼! 나가서 돌아와."

"알았어. 그럼 오빠랑 나가서 놀다 올게. 오빠, 가자!"

아이들 둘이 나갈 때 촌장과 구경 왔던 사람들 모두 사라졌다. 한시바삐 복음(福音)을 전하러 가야 했기 때문이다.

복음이란 아와사로 이사 가면 더 이상 배고픈 거 걱정 안 하고 살 수 있다는 것이다.

그곳의 개발은 성자께서 친히 하시는 것이므로 웬만한 병으론 걸려도 죽지 않을 것이란 소문이 번진다.

나중의 일이지만 코리안 빌리지 주민 대부분이 떠난다. 남은 이들은 거주지를 떠날 수 없는 이유가 있는 사람들이다.

4만 명이나 되던 인원 가운데 무려 3만 9천 명이나 옮겨가기에 코리안 빌리지는 일시적인 공동화 현상이 빚어진다.

아무튼 이실리프 자치령 입장에선 큰 힘 들이지 않고 필요한 인원이 충당되므로 좋은 일이다.

이들의 살던 주거지는 천지약품이 매입한다.

그거라도 팔아야 아와사까지 가는 동안의 여비가 되는데 사겠다는 사람이 없어 떠나지 못하기 때문이다.

모두가 떠난 후 천지약품은 대대적인 재개발 사업을 벌인다. 흙벽에 함석지붕을 얹었던 낡은 집들 모두 헐어내고 한국식 아파트 단지가 들어선다.

아디스아바바는 고산지대인지라 적도 부근이지만 기온이 높지 않다. 일 년 내내 비슷한 기온을 보이는데 최저가 14℃, 최고 25℃ 정도 된다.

따라서 에어컨과 보일러가 필요 없다.

상수와 하수, 그리고 전기와 가스만 공급되면 되기에 건축비는 한국보다 훨씬 싸다.

아파트 분양가 중 상당 부분을 차지하는 땅값 자체가 워낙 저렴한데다가 작업에 동원될 인부들의 인건비 역시 말할 수 없이 저렴하기 때문이다.

한국의 잡부는 일당이 대략 10만 원 정도 된다. 이 사람이 한 달 내내 현장 일을 하면 월 300만 원이 수입니다.

아디스아바바의 경우는 잡부가 한 달 일한 품삯이 10만 원 정도 된다. 다시 말해 임금이 30분의 1밖에 되지 않는다.

당연히 건축비가 싸질 수밖에 없다.

어쨌거나 천지약품이 재개발하여 지은 이실리프 아파트 단지는 아디스아바바 주민들에게 선풍적인 인기를 끈다.

고위 공무원 거의 대부분이 분양 신청을 할 정도이다.

그도 그럴 것이 한국에서의 풍부한 아파트 건설 경험이 그대로 녹아든 대단지이기 때문이다.

4만 명이 살던 곳이다. 얼마나 큰 단지가 형성되겠는가!

단지 내에는 아이들 놀이터 이외에도 축구장, 농구장 같은 체육시설과 작은 놀이공원, 그리고 음악당노 지어진다.

할인마트 역시 당연히 지어지고, 주민들을 위한 각종 근린시설 또한 골고루 갖춰져 에티오피아에서 가장 현대적인 곳이 된다. 물론 나중에 일어날 일이다.

현수는 스잔과 함께 밖으로 나왔다.

어느새 소문을 듣고 온 사람들이 몰려 있었다.

눈짐작으로 헤아려 봐도 300명은 족히 되는데 멀리서 다가 오는 사람들까지 합하면 금방 500명이 넘을 듯하다.

"성자님! 아와사로 가면 진짜 일자리가 있습니까?"

"아픈 환자가 있는데 좀 봐주시면 안 될까요?"

"아와사에 갔다가 허탕 치면 어쩌죠? 성자님!"

"아와사는 여기에서 얼마나 먼 곳에 있는 거죠?"

보아하니 그냥 가면 말들이 무성할 듯싶다. 성자로 소문난 현수를 욕하는 말이 아니라 근거 없는 헛소문이 난무할 수 있다. 자칫 부풀려지기라도 하면 좋지 않을 수도 있다.

"잠시만요! 잠시만요! 잠시만 조용히 해주세요."

"……!"

현수가 두 손을 들어 조용해 줄 것을 요구하는 몸짓을 하자 이내 잠잠해진다.

"몇 가지 궁금하신 게 있는 듯해서 실멍드립니다. 제 말이 끝날 때까지 조용히 해주실 거죠?"

"네에!"

"그럼요!"

합창하듯 소리를 내고는 시선을 집중시킨다.

현수는 뒤에 있던 박스를 앞으로 끌어당긴 후 올라섰다.

멀리서부터 다가오고 있는 사람들의 모습이 보인다. 그냥 놔두면 코리안 빌리지 사람들이 다 올 수도 있다.

직업이 절실한 사람들이기 때문이다.

CHAPTER 08

의료원을 지어야겠습니다

전능의팔찌

THE OMNIPOTENT
BRACELET

"저는 에티오피아 정부와 협의하여 아와사 지역에 약 40,000㎢에 달하는 조차지를 얻었습니다. 조차지란……."

이곳 사람들은 대부분 제대로 된 교육을 받지 못했다. 그렇기에 현수는 가급적 쉬운 말로 설명을 이어갔다. 뒤늦게 당도한 사람들을 앞사람에게 무슨 이야기를 들었느냐고 물었다가 면박만 당했다.

귀를 쫑긋 세운 채 듣고 있는데 방해한 때문이다.

현수는 조차지를 어찌 개발할 건지, 그곳에서 무엇을 재배하며, 무엇을 기를 것인지 등에 관한 이야기를 해주었다.

이실리프 자치령은 앞으로 200년 동안 하나의 왕국처럼 운영될 곳이다. 따라서 농산물과 축산물 이외에도 각종 생필품이 생산될 예정이다.

자치령은 에티오피아뿐만 아니라 러시아, 몽골, 콩고민주공화국, 우간다, 케냐에도 조성된다.

각각의 자치령은 비누, 치약, 칫솔, 샴푸, 린스 같은 일상용품들을 자체 생산하게 된다.

선풍기나 텔레비전, 컴퓨터 같은 것도 여건만 되면 만든다. 한국에서 만든 부품을 가져다 조립하는 수준이다.

지하자원이 개발되면 그에 적합한 공장도 설립한다. 다만 환경을 고려하여 꼭 필요한 게 아니라면 가급적 자제한다.

제법 긴 설명이 이어졌지만 어느 누구도 중간에 방해하지 않았다.

"이것으로 제 설명을 마칩니다. 아직 초기 단계라 많은 것이 미흡할 수 있습니다. 다만 한 가지 확실한 건 아와사 지역에는 굶는 사람이 없을 것이라는 겁니다."

"만세! 만세! 만세! 성자님 만세! 만세! 만세!"

누군가의 입에서 갑자기 튀어나온 만세 소리가 파도처럼 번지더니 마치 1919년 3월 1일에 있었던 독립선언서 낭독에 이은 그것처럼 커져만 간다.

현수가 걸음을 옮기자 사람들로 이루어진 파도가 스르르

벌어진다. 마치 모세의 기적과 같은 일이 벌어진 것이다.

현수는 천천히 걸어 코리안 빌리지를 빠져나왔다. 이곳에서의 용무는 이제 끝이기 때문이다.

현수의 모습이 보이지 않을 때까지 코리안 빌리지 주민들의 시선은 떼어지지 않았다. 살아 있는 성자의 뒷모습을 두 눈을 통해 뇌에 각인시키려는 것이다.

스잔의 외삼촌도 그들 중 하나이다.

적어도 그에겐 현수는 살아 있는 신(神)이다. 폐 속에 박혀 있던 분진들을 아무런 도구도 없이 뽑아냈다.

스잔에게 자신이 꼼짝도 못하고 있을 때 어떤 치료가 있었는지를 들었던 것이다.

"성자님! 죽을 때까지 믿고 따르겠습니다."

세나이 아브라힘은 무릎을 꿇고 정중히 고개를 조아렸다. 그의 아내와 아이들 역시 같은 모습이다.

절망 속에 빠져 있던 한 가정을 완벽하게 구원해 냈으니 감사의 마음이 절로 솟은 때문이다.

이런 이들을 바라보며 손가락질하거나 소곤대는 사람은 없다. 오히려 지금껏 성자께 무례했다는 것을 깨닫기라도 한 듯 무릎 꿇는 이들만 늘어났을 뿐이다.

다음 날, 에티오피아의 주요 일간지에는 코리안 빌리지의 성자가 만들어낸 기적이 보도되었다.

텔레비전 뉴스 시간엔 세나이 아브라힘이 토해낸 알약 크기의 알갱이들을 분석한 결과가 방영되었다.

예상대로 분진이 뭉친 것이다. 이를 물에 풀어보니 알갱이가 눈에 뜨이지 않았다. 아주 미세한 입자라는 의미이다.

아무런 도구도 없이 폐 속에 박힌 분진을 뽑아냈다는 보도에 에티오피아 곳곳에서 확인 전화가 걸려왔다.

세나이 아브라힘 같은 진폐증 환자의 가족들이 건 것이다. 이들이 가장 궁금해하는 건 당연히 성자의 행방이다.

하지만 아쉽게도 현수는 아디스아바바를 떠나 킨샤사로 향한 뒤이다.

같은 날, 정부는 공식적으로 이실리프 자치령에 대한 발표를 한다.

조차 기간 및 조건 등에 관한 상세한 보도가 있었다.

이쯤 되면 얼마나 받아먹고 땅을 팔아먹었느냐고 들고 일어날 야당이 웬일인지 조용하다.

오히려 환영 성명을 내고 정부의 처사를 지지했다.

성자가 개입된 일이고, 천지건설이 제시한 공사 금액이 자신들이 입수한 것보다 훨씬 쌌던 때문이다.

견적을 내주고도 욕을 먹은 건 지나의 건설 업체들이다. 비슷한 게 아니라 월등히 비쌌으니 당연한 일이다.

그동안 얼마나 바가지를 씌웠는지를 가늠하게 된 야당은 자신들이 정권을 잡더라도 지나의 건설사와는 상종치 않겠다는 결심을 한다.

공무원 및 국회의원과 정치인, 군인들은 지나 사람들과의 약속을 줄줄이 파기한다. 그들과 접촉하면 뇌물을 받아먹는 사람이라는 뜻이 되어버린 때문이다.

에티오피아에서도 지나의 입김이 사라지기 시작한 것이다.

어쨌거나 아와사 지역이 성자에 의해 개발된다는 소문이 번지자 빈민들의 대이동이 시작된다.

당연히 코리안 빌리지가 가장 먼저 비워진다. 다음으로 아디스아바바 등 도시 빈민들이 이동한다.

이에 에티오피아 정부는 군대를 동원하여 이들을 보호하는 조치를 취한다. 아와사에서 일할 사람이 많이 필요함을 알기 때문이다.

*   *   *

에티오피아를 떠나 콩고민주공화국으로 이동한 현수는 저택으로 향하지 않았다.

고요히 앉아 명상할 장소가 필요하기 때문이다.

어느 누구의 방해도 없을 곳을 찾아 앱솔루트 배리어로 결계를 치고 타임 딜레이 마법까지 구현시켰다.

그리곤 오래도록 참오에 들어갔다.

오늘은 일요일이다. 모든 관공서가 쉬는 날이니 특별히 할 일이 없었던 때문이다. 그래서 눈에 보이는 곳으로 즉시 이동하는 마법을 만들어보려던 것이다.

흑룡을 잡아낼 유일한 방법이라 여긴 것이다.

현수는 만 하루를 결계 안에서 지냈다. 1 : 180이니 180일, 다시 말해 거의 반년을 마법 창안에 골몰한 것이다.

하지만 결과는 없었다. 하나가 가능해지면 다른 하나가 간섭하여 무효가 되는 일이 연속해서 일어났기 때문이다.

그렇다 하여 아무런 성과도 없었던 것은 아니다.

결계 밖으로 나오기 전에 적어도 실마리는 잡았다. 그럼에도 계속하지 않은 이유는 너무도 지겨웠던 때문이다.

현수는 바쁜 오전 일과가 끝나갈 점심 무렵에 내무부를 찾았다. 청사 밖 위병 근무를 서던 경찰은 현수를 보자 곧바로 경례부터 올려붙인다.

그는 어려서 축구선수였으나 불의의 사고를 겪은 뒤 경찰에 입문한 축구광이다. 그런데 축구의 신을 만났으니 어찌 경례하지 않겠는가!

현수는 사인을 부탁하는 그의 등에 커다란 사인을 해주었다. 근무복은 더 이상 입을 수는 없지만 기념은 될 것이다.

"오랜만에 뵙습니다, 장관님!"

"그러게 말이네. 이러다 얼굴 잊어먹겠어."

가에탄 카구지 콩고민주공화국 내무장관은 만면에 미소를 머금은 채 현수를 맞이한다.

"하하! 네에. 그간 안녕하셨죠?"

"안녕? 아니, 그러지 못했네."

가에탄 카구지는 진심으로 안녕치 못했다는 듯 고개를 설레설레 흔든다.

"네에? 그게 무슨 말씀이세요?"

"자네의 노천금광 말이네."

"노천금광이요? 아! 이실리프 자치령에 있는 거요?"

"그래, 그것 때문에 아주 몸살을 앓았네."

"왜요?"

있지도 않은 노천금광이라는 걸 가에탄 카구지도 잘 알고 있다. 그런데 그것 때문에 곤욕이라도 치른 듯한 표정이다.

"미국 재무부에서 사람이 왔네. 게리 론슨 차관보가 수시로 찾아와 자네의 노천금광에서 나는 금괴를 매입하게 다리를 놓아 달라고 했네."

"게리 론슨 재무부 차관보요?"

"그래, 어찌나 귀찮게 하는지 머리가 다 셀 뻔했네."

"아! 그래요? 저 때문에 괜히…… 죄송합니다."

정말 많이 귀찮게 했는지 말을 하는 가에탄 카구지의 표정
엔 불쾌감이 어려 있었다.

게리 론슨의 고압적인 태도가 마음에 들지 않은 때문이다.

뭔가 부탁을 하러 왔으면 공손히 굴든지 정중해야 한다.

그런데 게리 론슨은 미국이라는 나라의 힘이 모두 제 것인
양 거만하게 굴었다. 아무 때나 찾아와 면담을 요청하고, 바
빠서 그럴 수 없다고 하면 미국과 척지어 좋을 일 없을 거라
는 협박도 서슴지 않았다.

그런데 아무리 봐도 이상하다.

본인은 콩고민주공화국의 실세 중의 실세라 할 수 있는 존
재이다. 그리고 이곳은 안방인 킨샤사이다.

똥개도 자기 집에선 반은 먹고 들어간다고 한다. 따라서 최
소한의 정중함은 갖췄어야 한다.

그럼에도 게리 론슨의 태도는 마치 자기네 나라를 찾아와
뭔가를 부탁하는 최빈국 장관 대하듯 했다.

하여 사람을 보내 진짜 재무부 차관보인지를 확인했다.

아니라고 하면 잡아서 작살낼 생각이었다. 오지의 탄광으
로 보낼 것도 고려해 보았다. 그만큼 불쾌했던 때문이다. 그
런데 불행히도 차관보가 맞다는 보고가 있었다.

하여 어금니를 지그시 깨물었다. 안방이긴 하지만 미국 재

무부 차관보를 건드려서 좋을 일 없기 때문이다.

오늘도 현수가 오기 전에 왔다가 갔다. 현수와 연락해 보았느냐는 물음에 그랬으나 연결되지 않았다고 대답했다.

사실은 한 번도 현수에게 전화를 걸거나, 천지약품, 또는 천지건설을 통해 연락하려 하지 않았다.

게리 론슨이 싫었던 때문이다.

그랬더니 게리 론슨은 국토의 일부를 조차까지 해줄 정도로 친밀한 관계에 있으면서 왜 연락이 되지 않느냐며 비아냥거렸다.

마음 같아선 아구창이라도 한 번 갈겨 봤으면 했다. 그래야 속이 시원할 것 같았던 것이다.

게리 론슨은 내일 다시 방문할 테니 그때까지 현수와 연결을 해주든지, 아니면 노천금광이 어디에 있는지 알아놓으라고 위협하곤 사라졌다.

그가 돌아섰을 때 서랍 속에 있는 권총을 꺼내고 싶은 마음이 절로 들었으나 애써 참았다.

그리고 불과 30분도 지나지 않아 현수가 온 것이다.

둘은 존재 자체가 다르다. 게리 론슨은 보기만 해도 부아가 치밀지만 현수는 같이 있는 것만으로도 기분이 좋다.

어펜시브 참 마법의 영향이 크다. 하여 가끔은 현수와 같이 있는 꿈을 꾼다.

"아무튼 자네가 왔으니 이제부터 자네가 알아서 하게."

"네! 그러지요. 그쪽에서 또 연락이 오면 제게 전화하라고 하세요. 제 번호 아시지요?"

"그럼, 그럼! 근데 그뿐만이 아니네."

"네? 또 무슨 일 있으셨어요?"

"지나에서도 사람이 왔네. 통상부 국장 왕리한이라네. 그 역시 노천금광에 관심이 많은 듯 여러 가지를 묻더군."

"……!"

현수는 이들이 왜 자신을 찾는지 짐작되지만 짐짓 영문을 모르겠다는 표정을 지었다.

이때 가에탄 카구지 장관의 말이 이어진다.

"일본 대사관에서도 왔네. 가와시마 야메히토라고 하는데 그 역시 노천금광이 궁금한 듯하더군."

"그래요? 그 사람들이 왜 저를 찾는지……. 정말 금이라도 매입하려 하는 건지 모르겠네요."

"금을 매입해? 자네, 아직도 금괴가 남아 있나?"

"네! 조금 더 남아 있습니다."

"…후와! 대단하군."

가에탄 카구지는 진심을 담아 놀란 표정을 짓는다. 이미 수백 톤의 금괴가 팔렸다는 것을 알기 때문이다.

개인이 보유하는 금괴의 양이 콩고민주공화국이 보유한

것보다도 많으니 어찌 놀라지 않겠는가!

"그나저나 오늘은 무슨 바람이 불어 오셨는가? 내가 도와 줘야 할 게 또 있나?"

"네! 이곳에 오기 전에 에티오피아를 다녀왔습니다."

가에탄 카구지는 현수의 말이 끝나지 않았음에도 고개를 끄덕인다. 어젯밤 뉴스를 보아 조차지를 얻었다는 것을 알기 때문이다.

"그래! 축하하네. 그곳에서도 큰 성과를 이루시게."

"네에, 감사합니다."

"그래, 내게 부탁할 일은 뭔가? 내 힘으로 되는 거면 무조 건 돕겠네."

죠제프 카빌라 정권은 현수 덕에 지지율이 상승했다.

천지약품을 품은 것과 이실리프 자치령을 과감하게 조차 한 것의 경제적 효과가 보이기 시작한 때문이다.

반군들과의 격전도 많이 줄어들었다. 이실리프 자치령에 반군 가족들이 대거 취업한 이후의 일이다.

현수는 현 정부와 밀접한 관계에 있다. 따라서 반군의 저항 이 격화되면 애써 잡은 직장을 다시 잃을 수도 있다.

정부가 요구하면 현수는 받아들여야 하는 것으로 인식하 고 있는 것이다. 하여 반군의 저항도 상당히 많이 줄었다.

서서히 정국이 안정되는 느낌이다.

게다가 대놓고 원주민을 무시하고, 착취하던 지나의 건설사들을 배제하고 상냥한 한국 회사로 바꾼 것에 대한 찬사를 듣는 중이다. 따라서 현수에게 우호적일 수밖에 없다.

물론 어펜시브 참 마법의 영향이 아직까지 효력을 발휘한 때문이기도 하다.

"제 저택 인근의 땅을 매입하고자 합니다."

"땅을? 그 집이 좁은가?"

킨샤사의 저택은 뒤에 있는 호수까지 포함되어 있기에 상당히 넓다. 호수를 빼도 마음만 먹으면 축구장 두 개 정도를 조성할 수 있을 만한 넓이이다.

그런데 땅 이야기를 하자 무슨 뜻이냐는 표정이다.

"집 근처에 뭔가를 조성해 보려 합니다."

"그 인근의 토지는 거의 전부 정부의 것이니 땅이야 얼마든지 가질 수는 있지. 그런데 거기에 무엇을 하려 하는 겐가?"

"대단위 의료원을 만들어볼 생각입니다."

"대단위 의료원……? 얼마나 크기에? 그리고 땅은 얼마나 필요한가?"

"대략 2,000만㎡ 정도 사겠습니다."

"그렇게나 많이? 하긴……. 자네라면……."

방금 언급한 2,000만㎡를 환산해 보면 20㎢이다. 한국식으로 따지면 약 600만 평이다.

이는 서울시 마포구 전체보다 약간 작은 면적이다.

마포구 전체의 면적은 23.84㎢이며, 약 38만 5,000명이 거주하고 있다.

이곳엔 공공 기관 8개, 학교 84개, 복지시설 94개, 보육 시설 219개, 의료 기관 619개가 있다.

기반 시설로 도로 420㎞, 도시가스 379㎞, 상수도 716㎞, 하수도 494㎞가 있다.

따라서 현수가 요구한 20㎢는 어마어마한 넓이라 할 수 있다. 그런데 콩고민주공화국 정부가 반둔두와 비날리아 지역에 조차해 준 땅은 10만㎢가 넘는다. 여기에 비하면 새 발의 피 정도이기에 고개를 끄덕인 것이다.

"설마 그 땅 전체가 의료원이 되는 건가?"

"아뇨. 100만㎡ 정도만 의료원을 건립할 생각입니다. 최첨단 의료원으로요."

참고로 100만㎡는 약 30만 평이다.

"최첨단 의료원? 그럼, 병상수는……?"

"그건 1만 병상 정도 될 겁니다."

"뭐어……? 1만 병상이나?"

킨샤사엔 '건국 50주년 병원(Hôpital du Cinquantenaire)'이 있다. 천지건설이 진출하기 전에 지나 건설사가 지은 건물에 입주해 있다. 이것은 100여 개의 병상을 갖추고 있는데 중

부아프리카에서 가장 큰 병원이라고 홍보한다.

그런데 그것의 100배나 되는 병원을 만들겠다고 한다.

현수가 통 큰 사람인 줄은 알고 있었지만 지구엔 1만 병상짜리 병원이 없다. 다시 말해 전 세계 최대 병원을 짓겠다는 뜻이다.

가에칸 카구지는 내무장관이다.

이런 병원이 지어지고, 진짜 최첨단 의료 기구들이 망라된다면 콩고민주공화국은 의료 관광의 중심이 될 수도 있다.

다시 말해 막대한 의료 관광 수입을 올릴 수 있어 외환 보유고가 늘어나고, 세수도 확보된다.

변변한 의료 기관조차 드물어 제대로 된 의료 서비스를 받지 못하던 국민들에겐 최첨단 의술의 혜택을 받을 수 있는 일이기도 하다.

내무장관으로서, 그보다 먼저 콩고민주공화국의 국민으로서 당연히 바라마지 않을 일이다. 그렇기에 관심 있다는 듯 의자를 당겨 앉는다.

구미가 확 당긴다는 무언의 몸짓이다.

"그, 그럼 나머지 1,900만㎡는 뭔가?"

"이실리프 의료원은 다양한 국적의 의료진들이 포진하고 여러 나라에서 온 환자들이 진료 받게 될 겁니다."

"그, 그렇겠지. 1만 병상이라면……"

"의료진과 그 가족을 위한 숙소도 지어야 하고, 환자와 그 가족 또는 간병인이 머물 호텔 등 숙박 시설과 각종 위락 시설을 조성해 볼까 합니다."

"호텔과 위락시설도……?"

"네, 한국엔 에버랜드라는 놀이 시설이 있습니다. 미국의 디즈니랜드를 벤치마킹한 것이지요."

"아네. 에버랜드!"

가에탄 카구지는 복합 리조트인 에버랜드에 대한 자료를 보고받은 바 있다. 언젠가는 콩고민주공화국에도 그런 것이 필요하기에 사전 준비 개념으로 조사시킨 것이다.

에버랜드 리조트에는 테마파크 에버랜드, 워터파크 캐리비안 베이, 숙박 시설 홈브리지, 자동차 경기장 스피드 웨이, 그리고 에버랜드 교통박물관, 호암미술관, 글렌로스 골프 클럽이 있다.

이 밖에 아쿠아리움과 수목원도 추가될 예정이다.

참고로 에버랜드 리조트의 면적은 6.61㎢이다. 약 200만 평 규모인 것이다.

"그래요? 아신다니 이야기가 쉽겠습니다. 제 집 근처에 테마파크를 만들고 싶습니다."

현수가 구상하는 테마파크는 마법과 과학이 어우러진 것이다. 예를 들어 공포 체험을 위한 '귀신의 집' 같은 경우엔 흑마법으로 스켈레톤과 구울을 투입할 것이다.

입장객의 안전을 위해 방탄 플라스틱이 중간에 있겠지만 가짜가 아닌 진짜인지라 모두들 대경실색하게 될 것이다.

이 밖에 다양한 흑마법으로 입장객들의 혼을 쏙 빼놓을 계획이다. 물론 안전은 분명히 챙긴다. 너무도 실감나서 가장 인기 있는 곳이 될 것으로 예상된다.

수목원은 아리아니가 정령들과 함께 가꾸게 될 것이다. 싱싱함을 넘어서는 초록의 향연을 선사하게 될 것이다.

사파리는 바람의 정령들이 투입될 예정이다.

맹수가 입장객을 다치게 하는 것을 막을 뿐만 아니라 입장객에 의해 맹수들이 놀라는 일이 없도록 한다.

분수쇼는 물의 정령들이 세상에 없는 쇼를 보이도록 할 예정이다. 흔히 미국 라스베이거스에 있는 벨라지오 호텔 분수쇼를 지상 최고라고 표현한다.

그런데 이실리프 테마파크에서 선보이게 될 분수쇼는 이 말이 무색하도록 하기에 충분하고도 남을 것이다.

이는 하급 정령들을 투입하는 것만으로도 충분하다.

이들이 능력을 발휘하면 허공에 솟은 물은 잠시 동안 떨어지지 않고 형상을 유지할 수 있다. 예를 들어 물방울로 만들어진 왕관이나 티아라 같은 것들을 보여줄 수 있다.

중급 정령이 능력을 발휘하면 물로 이루어진 공룡이 자연스럽게 수면 위를 걷는 모습을 구현시킬 수 있다.

상급이 투입되면 확연히 달라진다.

아나토티탄[8]을 사냥하는 티라노사우르스[9]의 모습을 생생하게 구현시킬 수 있다.

검치호[10]가 매머드를 사냥하는 모습도 가능하다.

얼룩말이 초원을 달리는 모습과 이를 사냥하는 사자의 모습 또한 구현 가능하다.

모두 수면 위에서 이루어지는 일이고, 물로 만들어진 동체이지만 적당한 조명을 사용하면 진짜에 버금갈 모습이 될 수도 있을 것이다.

최상급인 엘리디아가 등장하면 상상을 초월하는 장면을 연출할 수 있겠지만 최상급 정령에게 그런 걸 하라고 시킬 수는 없다. 정령도 체면이 있을 수 있기 때문이다.

아무튼 세상 어디에서 이런 분수쇼를 구경할 수 있겠는가! 모르긴 몰라도 환장하며 볼 것이다.

"테마파크 좋지! 그게 만들어지면 관광 수입도 늘겠군. 좋아! 그럼 나머지 땅엔 무얼 할 텐가?"

"나머지 면적엔 전에 드렸던 천연 비아그라 농장과 연구소

---

8) 아나토티탄(Anatotitan) : 백악기 후기에 살았던 공룡. 최대 12m에 5t에 이른 것으로 추정됨. 주로 늪지에서 서식했음.

9) 티라노사우르스(Tyrannosaurus) : 백악기 후기에 살았던 공룡. 지구에 살았던 육식 공룡 중 가장 사나운 것으로 알려짐. 시속 7km로 걷다가 뛸 때는 50km까지 속도를 낸 것으로 추정됨.

10) 검치호[스밀로돈, Smilodon] : 신생대 4기에 서식, 고양이과의 엄니가 긴 포유류.

를 만들어볼 생각입니다."

"바이롯 말인가?"

가에탄 카구지 장관은 테마파크보다는 농장에 구미가 당긴다는 표정이다. 바이롯의 효능을 톡톡히 체험한 때문일 것이다.

"네! 여기서 그걸 재배하여 본격적으로 생산해 볼까 합니다. 괜찮죠?"

"그럼! 하게, 꼭 하게! 내가 전폭적으로 밀어주겠네. 그러니 꼭 하게. 알았지?"

농장이 생기면 바이롯을 얻기 쉬워질 것이다.

따라서 다른 건 몰라도 이건 무조건 되도록 해줘야 한다. 그만큼 절실히 필요한 것도 드물기 때문이다.

바이롯을 재배할 땅의 크기는 대략 $10km^2$ 정도 된다. 약 300만 평이다. 이 땅은 저택 뒤쪽 부지와 맞닿게 될 것이다.

바이롯 관련 보안을 유지하기 위함이다.

이곳은 무언가를 재배하는 농장처럼 보여선 안 된다.

대체 무엇을 키우는지 조사하러 올 놈들이 분명히 있을 것이기 때문이다. 하여 거대한 호수를 이용한 여러 가지가 조성될 것이다. 그늘을 만들어줄 숲도 있고, 정원도 있다.

물론 위에서 볼 때 그렇다. 정원처럼 보이지만 실제론 바이롯이 재배될 것이다.

아무튼 킨샤사 저택의 크기는 어마어마하게 커진다.

팝스타 마이클 잭슨의 네버랜드 전체 크기와 맞먹는 거대 저택이 탄생되는 것이다.

문제는 이 저택의 바로 곁에 이실리프 테마파크가 있다는 것이다. 네버랜드의 그것보다 훨씬 넓고 크다.

이것까지 합산하면 저택은 17.3㎢ 정도 된다. 무려 524만 평이나 되는 어마어마한 넓이가 된다.

2.9㎢짜리 여의도 전체 면적의 약 5배가 넘는다.

"네에, 고맙습니다. 꼭 하죠. 그리고 앞쪽엔 직원들을 위한 집과 학교 등을 지어볼 생각입니다."

"집과 학교까지 지어?"

"네! 의료원과 테마파크, 그리고 농장과 연구소에 직원이 많이 있어야 하니 그들의 자녀를 위한 것도 필요하니까요."

"……!"

의료진으로 자국 국민을 채용하라는 말은 할 수 없다. 그럴 만한 자원이 없음을 너무도 잘 알기 때문이다.

하지만 간호조무사 또는 테마파크 직원, 그리고 농장 인부 등은 콩고민주공화국 국민들을 채용할 수도 있을 것이다.

천지약품과 더불어 이실리프 그룹은 콩고민주공화국에서 가장 양질의 직장으로 분류되고 있다. 급여도 높고, 직원들에 대한 처우 또한 상당히 파격적이기 때문이다.

급여 수준이 높고, 승진은 빠르다. 게다가 아주 인격적으로 대해주기에 마음 다치는 일이 드물다.

가장 놀란 것은 점심 식사를 회사에서 제공한다는 것이다. 그것도 양질의 식재료를 사용한 뷔페식이다. 하여 누구나 입사하고 싶어 하는 곳이 천지약품과 이실리프 그룹이다.

어쨌거나 이런 것들이 만들어지면 실업률을 떨어뜨리는데 좋은 듯싶다. 따라서 학교 짓는 걸 도와야 한다.

"학교도 짓게. 근데 외국인 전용 학교가 되는 건가?

"아뇨, 콩고민주공화국 아이들도 받을 수 있는 만큼 받을 겁니다. 참, 커리큘럼은 저희에게 일임해 주셨으면 합니다."

"커리큘럼을……? 어찌할 생각이신가?"

"의료진 자녀들 또한 재학할 수 있다는 걸 감안한 학습 시스템을 갖추려 합니다."

의사와 간호사는 전문적인 교육을 받은 사람들이다.

특히 의사의 경우는 학창 시절의 성취도가 높아야 가능한 직업이다.

이들의 자녀 또한 우수한 두뇌를 가졌을 확률이 높다. 부모의 교육열 역시 남다를 수 있다.

하여 두 개의 체계로 나누어 공부시킬 계획이다.

콩고민주공화국의 아이들이라 할지라도 머리가 좋은 녀석들이 포함된 학급과 그렇지 못한 학급으로의 운영이다.

잘하는 아이들은 한국과 미국 등의 교육 방법이 혼합된 시스템에서 생활하게 된다.

주입식 교육의 장점과 창의적 교육의 장점을 취합한 시스템이다. 외울 건 반드시 외워 써먹을 수 있게 하고, 창의적 생각 또한 가능한 인재로 성장시키기 위함이다.

의료진의 자녀라 할지라도 학습 의욕이 없거나 진도를 따라가지 못하는 녀석들은 그들이 가장 잘할 수 있는 것들을 찾는 것부터 시작한다.

소질과 개성의 계발을 도모하려는 것이다.

한국처럼 졸업 후 단 한 번도 써먹지 못할 것들은 가급적 교육하지 않는다. 대신 다양한 독서와 글쓰기, 여러 가지 현장 학습 등을 통해 사려 깊은 인재가 되도록 한다.

일련의 설명을 들은 가에탄 카구지는 고개를 끄덕인다.

"좋네, 학교 문제는 특례법을 만들어주겠네."

"고맙습니다."

현수는 전폭적인 지지를 보내는 가에탄 카구지에게 진심을 담은 예를 갖췄다.

"학생 선발권 또한 주지. 자네 뜻대로 해보게. 대신 우리 아이들은 받아줄 거지?"

다소 익살스런 표정까지 짓는다. 농담이지만 진심도 담겨 있을 것이다.

"장관님! 외람된 말씀이지만 장관님의 자제들은 저희 학교에 안 보내는 편이 좋을 듯합니다. 나중에라도 특혜 운운하는 사람들이 있을 수 있으니까요. 훗날 더 큰일을 하실 수도 있는데 자칫 누가 될 수 있습니다."

"…그래, 자네 말이 맞네. 내 생각이 조금 짧았네, 그냥 농담으로 여겨 주시게."

CHAPTER 09

고향에 다녀오세요

화무십일홍(花無十日紅)이라는 말이 있다.

어떤 꽃도 열흘 동안 붉을 수는 없다는 뜻이다. 다시 말해 아무리 화려한 꽃이라 할지라도 언젠가는 진다.

이를 권력에 비유하면 영원한 권력이 없다는 뜻과 일맥상통한다. 비슷한 말로 권불십년(權不十年)이라는 것이 있다.

이 세상 어떠한 권력이라도 10년간 유지되는 것은 없다는 말이다. 꼭 10년이라는 뜻은 아니고 영원할 것 같지만 오래가지 못해 결국엔 무너진다는 뜻이다.

따라서 현 대통령인 죠제프 카빌라도 언젠가는 권력을 놓을 것이다. 그런데 가에탄 카구지는 그걸 거머쥘 생각을 품고 있다. 다시 말해 차기 대권 주자가 될 생각이다.

불가능한 일은 아니다.

푸틴과 메드베데프와의 관계도 둘과 비슷한 때문이다.

죠제프 카빌라 대통령의 입장에선 다른 어느 누구보다 정치적 동반자인 가에탄 카구지가 권력을 쥐는 것이 좋다.

일선에서 물러나더라도 정치 보복이라는 것이 처음부터 배제되기 때문이다.

한국에선 장관을 하고 싶으면 제자들 논문을 베끼지 말라는 말이 있다. 위장 전입도 해선 안 되고, 여자 문제가 있어서도 안 된다. 본인은 물론이고 아들의 병역 비리도 있어선 안 되고, 부동산 투기나 세금 탈루 경력이 있어서도 안 된다.

하물며 대통령은 어떠하겠는가!

세상에서 가장 엄한 잣대가 들이대질 것이다. 따라서 아주 엄격한 삶을 살아야 차기 대권을 거머쥘 수 있다.

그렇긴 해도 예외는 늘 있다.

한국에선 전과 14범이 대통령을 해먹었다. 쿠데타를 일으킨 놈들도 대통령 짓을 했다.

어쨌거나 흠집이 있어 좋을 일 없다. 따라서 이쯤 해서 선을 그어주는 것이 서로에게 좋다. 그렇기에 현수는 웃는 낯으로 방금 전의 말을 정의 내려주었다.

"그럼요! 조금 전에 하셨던 말씀은 분명 농담이었습니다."

"그렇지? 농담 맞네. 그나저나 바이롯은 조금 더 없나?"

화제를 돌려야 하는 시점이기는 하지만 눈빛을 보니 그것 보다는 간절한 무엇이 있는 모양이다.

어찌 없다고 하겠는가! 이럴 걸 이미 예상했다.

"그렇지 않아도 드리려고 가져왔습니다."

가방을 열어 안에 담긴 것들을 꺼냈다. 15병이다. 푸틴이 선택했던 듀 드롭 타입 글라스락 스윙병에 담긴 것이다.

"이건……?"

"네! 바이롯입니다. 이거 15병이면 적어도 1년간은 밀림의 제왕처럼 군림하실 수 있을 겁니다."

"정말인가?"

가에탄 카구지의 눈빛이 반짝인다. 몹시 흥미로우며, 기분 까지 매우 좋다는 뜻이다.

"그전에 이것부터 한 병 드십시오."

현수가 건넨 것은 마나포션이다. 바이롯으로 인한 부작용 을 최소화시키기 위함이다.

고개 숙인 사내들이 위풍당당함을 되찾게 되면 필연적으 로 과도한 힘을 쏟는다. 밤의 제황임을 증명하기 위함이다.

여자들이야 좋겠지만 사내는 기력 쇠잔을 겪게 된다.

바이롯이 정력을 좋게 해주는 것이지 기력까지 북돋는 것은 아니기 때문이다. 이게 바이롯의 유일한 부작용이다.

어쨌거나 기력이 쇠잔해지면 면역력이 떨어지고 그로 인해 각종 질병이 야기될 수 있다.

마나포션은 이를 미연에 방지할 묘약 중의 묘약이다. 기력 증진에 특효약이나 다름없기 때문이다.

"이건 뭔가?"

"장관님의 기력이 너무 쇠하지 않도록 돕는 보조제입니다. 좋은 거니까 일단 드세요."

뽕―!

뚜껑이 열리자 향긋하면서도 그윽하고 청량한 향기가 풍긴다. 허파까지 시원해지는 느낌이다.

틀림없이 몸에 좋은 것이라 생각했는지 가에탄 카구지는 두말 않고 받아서 마신다. 물론 현수에 대한 절대적인 신뢰감이 바탕 되어 있기 때문이기도 하다.

꿀꺽, 꿀꺽, 꿀꺽!

가에탄 카구지는 본인이 얼마나 비싼 영약을 먹는지도 모르면서 잘도 삼킨다. 아무튼 마나포션이 장관의 목으로 모두 넘어가는 데 걸린 시간은 불과 30초이다.

"흐으음!"

긴 숨을 내쉬는데 뭔가 느껴지는 게 있는 듯 지그시 눈을 감는다. 비강을 통해 빠져나가는 향기 때문일 것이다.

"이제 이걸 하루에 반병씩 한 달간 복용하십시오."

"그럼 정말 1년간 효력이 유지되나?"

"네! 다만 이를 믿고 너무 과도하게 힘을 쓰는 일은 없어야 합니다. 아셨죠?"

가에탄 카구지도 권력자의 하나이다. 높을수록 깨끗하고, 정의로워야 하지만 사람 일이라는 게 그렇지 못하다.

한국의 예전 대통령 중 하나는 국민의 눈이 닿기 어려운 곳에 비밀 연회장을 갖춰놓고 사흘에 한 번 꼴로 질펀한 술자리를 가졌다.

그 자리엔 일류 탤런트와 가수를 비롯하여 연예인을 꿈꾸는 여대생까지 술 시중 여인으로 불려갔다. 놀라운 것은 동일인이 두 번 이상 자리하게 하지 않았다는 것이다. 그는 방송을 보다 예쁜 여자가 나오면 이렇게 말했다고 한다.

"저 여자 괜찮군, 한번 봤으면 좋겠어."

이렇게 지목당한 여인은 채홍사 역할을 하던 의전과장에 의해 술자리에 불려갔고, 원치 않는 관계를 가져야만 했다.

정확한 인원은 알 수 없지만 이렇게 당한 인원이 350명을 넘는다고 한다.

국정 총책임자로서 국민들의 정신적 지주가 되어야 할 대통령이 권력을 이용하여 수많은 여인을 유린한 것이다.

참으로 개탄스런 일이다!

아무튼 가에탄 카구지는 현수에게 더없이 협조적인 인물이다. 여러모로 덕을 보았기 때문이며, 어펜시프 참 마법의 효력이 유지되기 때문이기도 하다.

하여 현수의 청이 무엇이든 들어주려 애를 쓰지만 다른 사람들에겐 그렇게 하지 않는다.

뇌물도 많이 받아먹었고, 향응도 수없이 즐겼다. 그러다 현수를 알게 되었고, 결혼식에 참석했다.

권지현, 강연희, 그리고 이리냐의 자태를 본 이후론 외국의 모델들까지 불러들여 질펀한 자리를 갖기도 한다.

지극히 은밀한 사생활이니 현수는 이를 알지 못한다. 다만 그럴 개연성이 있다는 것만 어렴풋이 짐작할 뿐이다.

하여 과도한 기력 소모를 자제하라는 충고를 한 것이다. 이건 여인들을 배려한 말이기도 하다.

아무튼 가에탄 카구지는 고개를 끄덕인다. 무엇이든 과하면 좋지 않다는 걸 체득하고 있는 때문이다.

"알겠네. 그리하지. 따로 부탁할 건 더 없나?"

"헬기를 타고 자치령을 다녀올까 합니다."

"헬기……? 알겠네. 조치하지."

현수가 탄 헬기를 보고 정부군과 반군 모두 상대편인 것으로 알고 오인 사격을 할 수 있음을 이야기한 것이다.

장관은 공군에 호위 비행을 지시할 것이다.

현수는 공군을 동원해서라도 보호해야 할 만큼 중요한 인물이기 때문이다.

"그럼, 이만 물러갑니다."

"그래! 자치령에 다녀오거든 한 번 더 보세."

"네! 그러지요."

"참! 출발하기 전에 귀찮은 것들을 한 번씩은 만나주게."

미국과 지나, 그리고 일본에서 온 자들을 뜻하는 말이다.

"…아! 네에, 그러지요."

내무부를 나선 현수는 곧장 저택으로 향했다.

"어서 오십시오, 주인님!"

킨샤사 저택의 총책임자 피터스 가가바가 깊숙이 허리를 숙인다. 그의 뒤에 있던 모든 경호원 역시 직각으로 허리를 꺾는다. 이들의 뒤에는 시녀장 엘린 가가바를 비롯한 시녀들이 공손히 고개 숙이고 있다.

"네, 별일 없죠?"

"그럼요!"

피터스 가가바가 당연하다는 듯 고개를 끄덕인다.

그러는 사이에 현관을 들어선 현수는 엘린 가가바에게 시선을 주었다.

"부모님들은요?"

"세 분 모두 빈관에 계십니다. 방금 전에 저녁 식사를 하셨지요. 마드모아젤 강만 쇼핑 나가셨다가 아직 돌아오지 않으셨어요. 하지만 곧 오실 겁니다. 출발했다는 연락이 있었거든요."

도착을 했으니 어른들에게 인사를 드려야 함이 마땅하다.

하지만 식사를 마친 지 얼마 되지 않는다 하니 약간은 뜸을 들여야 한다.

"그래요? 그러고 보니 나도 좀 출출하군요."

"그럼, 즉시 식사 준비를 하겠습니다. 특별히 원하는 음식이 있으신지요?"

"아무거나 잘 먹습니다. 그냥 준비된 거 주시면 됩니다."

언제 저택의 주인들이 들이닥칠지 모른다.

그렇기에 늘 신선한 식재료를 준비한다. 물론 소모되지 않는 것은 사용인들이 조리하여 먹게 된다.

"네! 주인님."

고개를 숙여 예를 취한 엘린의 손짓에 시녀들이 후다닥 주방으로 달려간다. 오랜만에 저택을 찾은 주인님의 입맛에 딱 맞는 음식을 만들려는 것이다.

"아! 맛있었습니다."

오늘의 요리는 연어 빠삐요뜨(Papillote)였다. 연어의 살을 종이에 싼 뒤 스팀으로 익힌 것으로 프랑스 요리이다.

레몬과 대파의 향이 비린내를 잡아주어 아주 좋았다. 현수
는 타르타르 소스[11]를 곁들여 빵과 함께 식사했다.

"입에 맞으셨나 봅니다."

"그래요, 엘린! 아주 맛이 좋았어요. 음식 솜씨가 점점 좋
아지는 것 같습니다."

"…그동안 귀한 식재료를 많이 축냈습니다."

"그래서 그런 건가요? 아무튼 맛이 괜찮았습니다."

"감사합니다, 주인님!"

엘린은 공손히 절을 하곤 한 발짝 물러선다. 현수가 식탁을
벗어나면 시녀들로 하여금 뒷정리를 시키기 위함이다.

식당을 벗어나 이 층으로 오르려는데 피터스 가가바가 다
가온다.

"주인님! 손님 오셨습니다."

"손님이요? 누구요?"

현수의 말에 피터스 가가바는 손에 들고 있는 명함으로 시
선을 돌린다.

"…게리 론슨이란 분입니다. 미국 재무부 차관보입니다."

"흐음……! 오랜만에 왔으니 부모님부터 뵈어야겠습니다.
접견실에서 기다리게 하세요."

"네! 주인님. 지시대로 하겠습니다."

---

11) 타르타르 소스 : 마요네즈에 양파, 삶은 달걀, 피클, 파슬리 등을 다져 넣고 만든
소스. 새우프라이, 생선튀김, 샐러드 등에 사용.

피터스 가가바는 현수의 표정이 살짝 굳음을 느낄 수 있었다. 기분이 좋지 않다는 뜻이다.

이 층에 오른 현수는 편한 옷으로 갈아입었다. 그리곤 빈관에 머무는 부모님부터 찾아뵈었다.

"아버지, 어머니! 저 왔습니다."

"아! 그래!"

낚싯대를 닦고 있던 아버지는 무덤덤한 표정이다. 물론 어머니는 다르시다!

"에구, 이 녀석아! 소식 좀 자주 전해라. 이러다 하나밖에 없는 아들 얼굴 잊어먹겠다."

어머니의 타박에 현수는 다시 한 번 고개를 숙였다. 그간 자주 연락드리지 못한 때문이다.

"죄송합니다. 근데 불편한 건 없으세요?"

"왜 없겠니? 있지, 있어도 아주 많다."

"아! 그러세요? 뭐 부족한 거라도 있는 거예요?"

돈이야 얼마든지 있으니 무엇이든 대령시킬 수 있기에 한 말이다.

"우선 손주가 없구나. 아들이 결혼한 지 석 달하고도 열흘쯤 지났는데 아직도 손주 가졌다는 며느리가 없어."

"……!"

이건 돈이 아무리 많아도 안 생기면 안 되는 일이기에 현수는 아무런 대꾸도 하지 못했다.

"둘째! 니 아버지 심심해 미친다. 말은 안 통하지 같이 놀아줄 친구는 없지. 피터스 가가바라는 양반과 이틀 걸러 한 번씩 술 마시는 거밖엔 할 일이 없다고 하시는구나."

이 말은 사실이다.

어머니는 이리냐와 연희의 모친인 안나 여사와 강진숙 여사가 있어 대화 상대라도 있지만 아버지와 비슷한 연배는 없다. 있다 하더라도 언어 장벽이 있어 의사소통 불가능이다.

"…그러… 시죠. 죄송해요 여기 계시면 안전해서……."

암살 명령을 이행하려 애쓰는 흑룡은 프로이다.

따라서 타깃이 아닌 부모님에게 해를 끼치진 않을 것이다. 그렇다 하여 부모님을 미끼로 쓰지 않는다는 건 아니다.

서울에 있으면 아버지는 추씨 공방으로 출퇴근할 것이다.

돈이 문제가 아니라 사람들과의 대화와 소일거리가 필요한 때문이다. 경호원을 붙여주고 싶어도 그 사람들을 하루 종일 기다리게 하는 게 미안하다며 싫다 할 것이 분명하다.

퇴근 후엔 며칠에 한 번 꼴로 공방 사람들 또는 친구들을 만나 한잔할 것이다. 그리곤 얼큰해진 상태로 휘청거리며 귀가한다. 완전 무방비 상태로 움직이는 것이다.

어머니는 성당 활동을 하면서 천지 사방을 쑤시고 다닐 것이다. 봉사도 하고, 친교도 쌓겠지만 아들 자랑을 하고 싶어

입이 근질근질할 것이다.

어머니 역시 경호원들이 따라다니는 걸 내켜하지 않을 것이다. 본인 스스로 대단한 존재가 아니라 여기기에 폐를 끼친다 생각할 것이기 때문이다. 따라서 경호원 없이 다니면 흑룡은 언제든지 부모님 중 하나를 납치할 수 있다.

그렇게 되면 현수는 운신의 폭이 확 줄어들게 된다.

하여 가장 안전하다 싶은 킨샤사에 모셔다 놓았는데 갑갑함을 토로하고 있다.

"어머니! 그럼 모스크바에 가 계시는 건 어때요? 거긴 사돈 내외가 다 계시잖아요."

"모스크바……? 아이고, 얘야! 나는 괜찮지만 그쪽 바깥사돈이 레드마피아인지 뭔지 하는 거 최고 두목이라면서? 니 아버지가 꽤나 내켜하시겠다."

"끄으응!"

어머니의 말이 맞다. 아버진 평범한 소시민에 불과하다. 현수가 출세하지 않았다면 소시민 축에도 못 낄 수도 있다.

지독한 가난에 허덕이다 소리 없이 스러지는 존재가 될 확률이 매우 높다.

반면 알렉세이 이바노비치는 마음만 먹으면 50만 명에 이르는 조직원에게 전쟁을 명령할 수도 있다.

모스크바에 커다란 저택뿐만 아니라 자가용 비행기와 초

호화 요트도 소유하고 있다. 은행에 얼마만한 예금이 있는지는 본인만 아는 일이다.

치열한 권력 다툼 끝에 최정상에 오른 그의 카리스마는 아버지를 주눅 들게 할 것이 분명하다.

둘은 대화 상대도 될 수 없다. 아버진 러시아어를 모르고, 이바노비치는 한국어를 모르기 때문이다.

설사 언어가 해결되더라도 둘의 대화는 접점이 없다.

이바노비치에게 이리냐는 친딸이 아니다. 따라서 그녀의 어린 시절 또는 성장기를 주제 삼은 이야기를 할 수가 없다.

이리냐가 며느리인 것만은 분명하지만 아버지와 함께했던 시간이 얼마 되지 않는다.

따라서 둘은 이리냐를 화제 삼아 나눌 대화가 없다.

있다면 현수에 관한 것인데 이것도 한 30분쯤 이야기하면 더 이상은 없을 것이다. 너무 평범하게 자란 때문이다.

"그럼 어떻게 해요?"

"우리 도로 그 집으로 가면 안 되겠냐?"

"…여기가 불편하세요?"

"아니다! 나쁘진 않아. 집도 크고, 음식도 맛있고, 일하는 사람들도 모두 좋아. 하지만 여긴 우리와……."

어머니는 말끝을 흐렸지만 '인간은 사회적 동물12)' 이라는

---

12) 사회적 동물(Social animal) : 인간이 개인으로서 존재하고 있어도 그 개인이 유일적(唯一的)으로 존재하고 있는 것이 아니라, 끊임없이 타인과의 관계하에 존재하고 있다는 생각에서 나온 용어.

의미를 생략했음은 충분히 짐작된다.

"알았어요. 그럼 가세요. 대신 경호원들 꼭 데리고 다니셔야 해요."

"아이고, 애야! 여기서도 경호원들 따라다니는 게 영 성가시다. 우리가 뭐라고 사람들이 우르르……."

곁에 있던 아버지도 같은 마음이라는 듯 고개를 끄덕인다. 이쯤 되면 사태의 심각성을 알려야 한다.

"어머니!"

"왜?"

"저를 몹시 싫어하는 사람들이 있어요."

"너를……? 누가……? 왜……? 니가 뭘 어쨌다고?"

어머니는 말도 안 된다는 표정이다. 현수처럼 너그럽게 대하는 사람도 드물다 생각하기 때문이다.

이는 이 저택 사람들 때문에 든 생각이다.

피터스 가가바를 비롯한 경호원과 엘린을 비롯한 시녀들 모두 현수의 너그러움을 입에 침이 마르도록 칭찬한다.

경호원들은 대통령궁으로부터 받는 월급의 5배를 추가로 지급받는다. 시녀들은 경찰 월급의 3배쯤 된다.

지난 몇 달간 받은 급여로 모든 부채를 청산했다.

가장 먼저 근무하기 시작한 피터스 가가바를 비롯한 24명의 대통령궁 소속 경호원은 지금까지 7번의 급여를 받았다.

이것 이외에도 9월과 12월, 그리고 3월에 보너스를 받았다. 총 10번 받은 셈이다. 대통령궁으로부터 지급되는 급여까지 포함시키면 지난 7개월 동안 57개월치 급여를 받았다.

고통스러웠던 가난으로부터 완전히 벗어난 것이다.

게다가 경호원 모두에게 주거가 제공되고 있다.

이는 시녀들도 마찬가지이다. 주거지가 저택 입구에 지어져 있고 입주까지 마친 상태이다.

4인 가족은 실면적 30평, 5인은 38.5평, 6인은 46평짜리 연립주택이다. 한국의 32평형 아파트는 전용면적 25.7평이다. 이보다 넓은 주거를 제공받은 것이다.

전기, 수도, 가스 사용 요금은 없으며 퇴직할 때까지 사용할 수 있다. 모두 새집이니 아주 쾌적하고, 편안하다.

현대식 주방이 있으며. 킨샤사에선 찾아보기 힘든 수세식 화장실도 있다. 붙박이장이 있으며 가전제품도 모두 설치되어 있다. TV, 라디오, 세탁기, 컴퓨터 등이다.

이 모든 것이 현수의 덕이다. 따라서 현수를 좋아하고 칭송할 수밖에 없는 것이다.

어쨌거나 어머니 생각에 현수를 미워하거나 싫어하는 사람이 있다는 건 이해되지 않는 일이다.

그런 성품도 아니기 때문이다. 하지만 현수는 굳은 표정으로 말을 이었다.

"걱정하실까 봐 말씀 안 드렸는데 벌써 여러 번 총격을 당했어요. 한국에서도 그랬지만 이곳에 오기 전에 들렀던 에티오피아에서도 절 총으로 쐈구요."

예상대로 두 분 모두 화들짝 놀란다.

이건 폭력을 휘두르는 해코지 정도가 아니라 목숨을 빼앗겠다는 뜻이기 때문이다.

하나뿐인 잘난 아들이 총 맞아 죽을 뻔했다는 말에 깜짝 놀라며 일어선 어머니는 현수의 몸을 살핀다.

"뭐, 뭐라고? 어, 어디 다친 데는 없어? 응? 다친데……."

"다행히 아직은 괜찮아요. 근데 누가 범인인지 알지만 아직 못 잡았어요."

"누구냐? 그 나쁜 놈이!"

어머니 역시 표정이 굳어 있다.

"…흑룡이라는 지나에서 파견한 살인청부업자예요."

두 분은 살인청부업자라는 말에 또 한 번 흠칫하신다.

결코 평범한 말이 아니기 때문이다. 그리고 섬뜩한 기분이 느껴진 때문이기도 하다.

"사, 살인청부업자? 돈 받고 사람 죽이는……?"

"네! 한번 임무가 주어지면 목표물에 대한 저격이 성공할 때까지 수단과 방법을 가리지 않는 아주 나쁜 놈이죠."

"아이고 애야! 어떻게 하냐? 그놈 못 잡아? 여기 경찰에게 말하면…….”

생각해 보니 이곳은 만리타국이다. 일가족 모두 외국인이
라는 뜻이다. 따라서 경찰에게 이야기해 봤자 아무 소용없겠
다는 생각에 말끝을 흐린다.

“경찰에게 잡히면 그게 프로겠어요? 그놈은 여기는 몰라
요. 그래서 두 분을 이쪽으로 모신 거예요. 한국으로 가시면
양평 새집으로 모실 건데 가급적 외출하지 않으셔야 저를 돕
는 겁니다. 거긴 안전하거든요.”

“양평? 우미내 집은 어쩌고?”

“집 다 빼서 이사했어요. 계약 기간이 남아 있어 더 쓸 수
는 있지만 거긴 안전하다 장담 못해요.”

“……!”

어머니는 다니던 성당 식구들과 작별 인사조차 변변히 하
지 못하고 양평으로 이사했다는 게 마음에 걸리는 듯하다.

이때 아버지가 나서신다.

“그냥 여기에 있으마. 그놈이 잡히면 귀국할게.”

“아버지……!”

현수는 그렇게 해도 괜찮겠느냐는 말을 하려다 말았다. 조
금 이기적이라는 생각이 든 때문이다.

“우리가 가서 납치라도 당하면 문제가 될 거다. 그러니 그
놈이 잡힐 때까지는 꾹 참으마.”

남자라 말하지 않아도 상황을 충분히 짐작하신 모양이다.

"알았습니다. 최선을 다할게요."

"그래! 여기도 정 붙이고 살려면 못 살 곳은 아니니 괜찮다. 우리 걱정은 안 해도 된다."

"아들! 나도 괜찮아. 그냥 여기 더 있을게."

"…고맙습니다."

현수는 고개 숙여 마음을 표현했다. 아들을 위해 불편을 감수하려는 부모의 마음을 어찌 짐작 못하겠는가!

"장모님! 그동안 안녕하셨지요?"

이리냐의 모친 안나 게라시모바 체홉은 현수가 올리는 큰절을 받으며 고개를 끄덕인다.

예전엔 나이보다 훨씬 늙어 보였는데 이젠 제 나이보다 어려 보인다. 회복포션과 리커버리 마법, 그리고 균형 잡힌 영양식이 제공된 결과이다.

어쨌거나 현수가 무릎까지 꿇자 안나는 안절부절못한다.

"아이고, 이러지 않아도 되네. 사위!"

"아닙니다. 이건 한국식 예절입니다."

"아이구, 체첸어는 또 언제 익혔누?"

"장모님께 인사드리려 시간 날 때마다 틈틈이 공부한 겁니다. 어색하지 않죠?"

입에 침도 안 바르고 하는 거짓말이다.

"어색? 아닐세. 마치 체첸에서 나고 자란 사람 같네. 그래, 사위도 잘 있으셨는가?"

"그럼요! 장모님이 염려해 주신 덕분에 잘 지냈습니다. 어디 불편하신 데는 없으시죠?"

"그럼, 그럼! 모든 게 만족스러워. 아주 잘 지내네."

"여기 오래 계셨는데 고향에 가고 싶지 않으세요?"

"고향……? 거긴 별로네. 좋은 기억이 별로 없어."

안나 장모님의 표정은 금방 어두워진다.

체첸 반군으로 참전했던 남편과 아들을 잃었던 곳이다. 그 후론 정말 지겨운 가난으로 점철된 곳이기도 하다.

이리냐가 없었다면 아직도 그곳에서 끼니 거를 걱정을 하며 살고 있을지도 모른다.

춥고, 배고프고, 힘없고, 아무런 희망도 없던 곳이다. 그렇기에 고향이라는 말만으로도 표정이 어두워지는 것이다.

"거기서 어렵게 사셨다는 이야긴 들었습니다. 사시는 동안 신세 진 분들도 있을 텐데 그분들이라도 보고 오세요."

"신세 진 사람들……?"

생각해 보니 이웃들의 도움이 없었다면 벌써 목숨을 잃었을지도 모른다. 모녀가 굶주렸을 때 양식을 빌려줬고, 이리냐의 학비를 마련하려 동분서주할 때에도 돈을 빌려줬던 이들이 있었다.

가난했지만 이웃과의 정은 나누고 살았던 것이다.

"제 비행기를 타고 다녀오세요. 가서서 신세 진 분들과 좋은 시간 보내시구요. 이건 여비에 쓰시라고 드리는 겁니다. 다 쓰셔도 되니까 부담 갖지 마세요."

현수가 내민 봉투를 바라보는 안나 장모의 눈에 금방 습기가 오른다. 작은 일에도 마음 써주는 사위가 고마워서이다.

"거기 가시기 전에 모스크바 먼저 들르세요. 거기도 집 있는 거 아시죠? 가서서 이리냐 데리고 가세요. 참, 거기서 친지에게 드릴 선물도 사시구요. 아셨죠?"

말을 하며 봉투를 조금 더 밀었다.

"고맙네, 사위! 정말 고마워. 흐흑!"

기어코 눈물을 흘리신다. 고마워서, 좋아서 흘리는 것인지라 말리지 않았다.

"제 비행기에 쉐리엔과 듀 닥터, 그리고 항온의류가 있어요. 장모님 마음대로 선물하셔도 되는 겁니다."

"…그 비싼 쉐리엔과 듀 닥터, 그리고 항온의류를?"

이곳 킨샤사에도 뚱뚱한 여인은 있다. 그녀들 역시 쉐리엔의 열렬한 신봉자가 되어 살아가는 중이다.

워낙 공급되는 물량이 적어 통관이 마쳐지는 날마다 쟁탈전이 벌어질 지경이다. 당연히 정가보다 비싸게 거래된다.

듀 닥터 역시 상당한 사랑을 받고 있다. 특히 피부에 트러블이 있거나 민감한 피부를 가진 사람들이 애용한다.

수요가 적을 것으로 판단되어 통관되는 양이 아주 적다. 하여 이것 역시 원래의 가격보다 비싼 값에 암거래된다.

항온의류는 남녀노소를 막론하고 누구나 좋아하는 옷이다. 입으면 더위를 느낄 수 없게 되니 어찌 안 그렇겠는가!

천지약품과 천지건설 직원들에게 작업복 개념으로 하나씩 지급되어 그 효능은 이미 알려질 대로 알려졌다.

CHAPTER 10
아버님이라 부르지 마라

처음 항온의류가 들어왔을 때 한국의 추적60분 또는 PD수
첩 같은 방송에서 이에 대한 여러 실험을 실시했다.

그 결과 아무리 더워도 그것 하나만 걸치고 있으면 전혀 더
위를 느끼지 못하는 것으로 결론 내려졌다.

방송 이후엔 문의가 빗발쳤다.

아직 이실리프 어패럴이 진출하지 않은 상태인지라 이실
리프 그룹 사무실로 전화를 걸어왔다.

하지만 일반 판매를 할 정도로 상품이 만들어지지 않아 본
격적인 판매는 하지 않는다는 답변만 들었을 뿐이다.

돈이 있어도 상품을 살 수 없다고 하자 작업복으로 지급받은 걸 팔라는 흥정이 오갔다.

돈이 급한 직원들이 자신의 작업복을 팔았지만 이내 후회했다. 값은 계속해서 올랐고, 더위 때문에 힘들었던 것이다.

어찌 되었든 항온의류 역시 비싼 값에 거래된다.

킨샤사의 어떤 신문에는 오늘의 시세라는 란(欄)이 있다.

여기엔 매일매일 쉐리엔과 듀닥터, 그리고 항온의류의 실거래가가 표시된다. 이것을 눈여겨본 사람들은 값이 조금씩 오르고 있음을 확인할 수 있을 것이다.

들여온 것의 양은 정해져 있고, 날이 갈수록 이것을 사려는 사람들의 숫자가 늘어나니 이럴 수밖에 없다.

안나 장모는 이곳에 오래 머무를 생각을 했다. 하여 프랑스어 과외 교습을 받는 중이다. 그게 공용어이기 때문이다.

교습이 시작된 것이 지난 10월부터이니 벌써 반년이 넘어 초보 단계는 넘어서 있다. 같은 어순인지라 한국인보다는 불어를 배우는 속도가 빠른 모양이다.

하여 요즘은 회화와 독해 등으로 수업이 진행된다.

이때 사용되는 교재가 바로 신문이다. 기사를 읽고 그것에 대한 이야기를 나누는 것이다. 새로운 소식도 알게 되고, 불어 실력도 늘어나니 일석이조인 셈이다.

그렇기에 듀 닥터와 쉐리엔, 항온의류의 가격이 상당히 비싸다는 것을 알고 있는 것이다.

안나 여사의 방을 나선 현수는 본관으로 가려다 걸음을 돌렸다. 연희의 모친인 강진숙 여사가 조금 전에 당도했다는 전갈이 있었던 때문이다.

그러는 동안 안나 여사는 현수가 준 봉투를 열어 보고 화들짝 놀라고 있다. 안에 담긴 금액은 미화 100불짜리 100장이다. 1만 달러이니 1,200만 원쯤 된다.

안나 여사는 이걸 보고 놀란 게 아니다. 봉투 안에는 달러화 이외에도 작은 쪽지 하나가 더 있었다.

거기엔 체첸어로 쓰인 다음과 같은 글귀가 있다.

사랑하는 안나 장모님께!

너무도 아름답고 사랑스러운 이리나를 제 아내로 주신 장모님께 깊은 감사를 드립니다.

결혼식 날 말씀드린 대로 평생토록 아끼고, 사랑하며 살겠습니다. 정말 감사합니다.

고향에 다녀오실 때 부족함이 없도록 비행기에 따로 300만 달러를 준비해 두었습니다. 봉투 속의 돈은 선물 사시는데 쓰시고, 나머지는 친지들을 돕는 데 쓰셨으면 좋겠습니다.

체첸을 떠나 이곳 킨샤사에 자리 잡고자 하는 사람들이 있다면 데려오셔도 됩니다. 기꺼이 돕겠습니다.

— 이 세상에 하나밖에 없는 사위 김현수 올림.

"세상에……!"

쪽지를 모두 읽은 안나는 나지막한 경악성을 토한다. 사위의 통 큼에 감탄한 것이다.

체첸에서 300만 달러는 엄청나게 큰돈이다.

러시아와의 분쟁 이후 체첸은 불안한 전쟁 속에 놓였다. 살인과 약탈, 그리고 폭력이 이어졌다.

당연히 경제 사정이 좋지 못하다. 따라서 이 돈이라면 여러 사람을 도울 수 있을 것이다.

게다가 데려올 수 있는 사람은 데려오라는 말은 무척 고무적이다. 오기만 하면 이실리프 그룹에 채용되어 안정된 생활을 할 수 있을 것이기 때문이다.

안나 장모가 이렇듯 좋아할 때 현수는 강진숙 여사에게 큰절을 올리고 있었다.

"장모님! 그동안 안녕하셨지요?"

"그럼, 그럼! 자네 덕에 아주 잘 지냈네."

회복 포션과 리커버리 마법 덕에 10년은 젊어 보이는 장모는 이전과 확연히 달라져 있다.

우중충했던 평상복을 벗고 세련된 옷을 입고 있으니 누가 봐도 귀부인이라 할 정도로 우아하다. 게다가 완숙한 미모까지 겸비되어 있으니 지나가던 사람도 다시 볼 정도이다.

"쇼핑 다녀오셨다고 들었습니다."

"그래! 과일 사러 갔다 왔네."

"네? 그걸 왜 장모님이……."

"나 혼자 갔다 온 게 아니라 알리사랑 마리나를 데리고 갔었네. 저택에서 쓸 식재료를 살 겸해서."

한국에선 꽃집을 했다. 이곳에 와선 소일거리가 없으니 심심해서 식재료를 살 때 늘 동행했던 모양이다. 다른 나라 풍광도 구경하고 심심함을 타파하기 위함이었을 것이다.

"장모님! 혹시 한국으로 돌아가고 싶으세요?"

"한국으로……? 아닐세, 내가 가면 사돈어른 심심해서 안 되지."

말은 그렇게 해도 가고 싶기는 한 듯하다.

현수는 잠시 이맛살을 좁혔다.

강진숙 여사는 한국으로 가도 된다. 연희가 아내라는 걸 흑룡이 모르기 때문이다. 그래도 가지 말아야 한다.

현재 천지그룹 계열사 거의 전부가 콩고민주공화국에서 대박 행진을 하는 중이다.

천지정유는 비날리아 인근 지역의 원유 채굴권 획득뿐만 아니라 콩고민주공화국 동쪽 끝에 위치한 루웬조리 산(5,109m) 아래에 대규모 정유 시설을 건설하는 중이다.

이웃 나라 우간다와 접경지대인 이곳에서 새로운 유전이 발견된 결과이다. 정유된 것은 콩고민주공화국 각지로 송유된다. 땅 짚고 헤엄치는 사업이 시작된 것이다.

물론 이 모든 시설은 천지건설에서 짓는다.

또 다른 계열사인 천지통신은 킨샤사를 비롯한 주요 도시의 전화 및 인터넷 연결 사업을 시작했다.

한국으로 치면 KT 같은 회사가 되려는 것이다.

국영 통신사가 있기는 하나 기술력 및 자본이 형편없어서 이 방면 사업 전체가 민영화되는 것이나 다름없다.

다만 사업 지분의 50%는 콩고민주공화국 정부가 갖는다. 반만 민영화되는 셈이다. 이게 오히려 더 좋다.

정권이 교체되어도 상관없기 때문이다.

아무튼 사업비 전액 지하자원으로 지불받기로 했다. 당연히 각종 지하자원에 대한 채굴권이 주어졌다.

하여 천지자원이라는 회사가 추가로 꾸려졌다. 이 회사는 희유 광물을 우선적으로 채굴할 계획이다.

값비싼 콜탄13)과 니오븀14)이 그 대상이다.

이것들을 운반할 철로 공사 역시 천지건설에서 수행한다.

---

13) 콜탄(Coltan) : 투박한 철광석으로 금속가루로 가공하면 탄탈룸(Tantalum)이라는 광물질이 된다. 이것은 녹는점이 높고 다른 금속과 결합하여 강도를 높여주는 특성이 있으며, 내구성이 좋다. 또한 전하량이 높아 휴대폰 생산뿐만 아니라, DVD, 태양전지, 텔레비전 카메라, 노트북, 게임기, 우주선, 원격 조작 병기, 원자력 발전시설, 의료기기, 리니어 모터카, 광섬유 등을 만드는데 사용된다.

천지전자는 요즘 킨샤사 외곽에 공장을 짓는 중이다.

이곳에선 콩고민주공화국 내수에 쓰일 라디오, 비디오, TV, 세탁기, 냉장고, 에어컨 등이 생산될 예정이다. 뿐만 아니라 다리미, 전자레인지, 믹서, 전화기 등도 제작한다.

한국으로 치면 LG전자 같은 회사가 될 것이다.

이 공장도 천지건설이 짓는다.

현수에게 디오나니아 잎사귀의 성분을 분석해 준 김국환 연구실장이 근무하는 천지섬유 역시 대박 예정이다.

계열사인 천지방사, 천지방직, 천지염색, 천지어패럴을 진출시켰다. 이곳에서 실을 잣고, 천을 짜내며, 염색한 뒤 의복까지 만들게 된 것이다.

인구가 많으니 당연히 대박일 것이다.

이처럼 계열사 전부가 훨훨 날고 있는데 딱 하나 천지화학만은 아무런 성과가 없다.

천지화학 대표이사 이강혁 때문이다.

연희는 생물학적 아버지인 이강혁을 부친으로 인정하지 않고 있다. 어머니의 일생을 짓밟고도 양심의 가책조차 느끼지 않는 파렴치한으로 여기고 있기 때문이다.

---

14) 니오븀(Niobium) : 회색을 띠고 있는 연성이 있는 전이 금속으로 고합금강, 스테인리스강 등 고급 철강재 등을 만드는 데 주로 사용되는 희귀 금속. 고강도 저합금강, 고합금강, 스테인리스강, 내열강, 공구강 등 초경량 신소재 고급 철강재와 정보기술(IT) 융합제품을 생산하는 데 필수적인 희유 금속광물로 이를 대체할 수 있는 대체재는 없다.

그렇기에 천지화학 대신 조경빈의 부친 조인성 회장이 경영하는 백두화학이 콩고민주공화국에 진출해 있다.

현재 지어지고 있는 공장에선 고밀도 폴리에틸렌과 PVC, 그리고 아크릴 등 석유화학계 기초 화학물질이 만들어진다.

이것들은 아프리카 전역에 공급할 것들이다.

천지화학에서 눈독 들이던 사업이 백두로 넘어간 것이다.

아무런 성과 없이 귀국한 이강혁 회장은 왜 이런 일이 빚어졌는지를 확인하도록 했다.

다른 계열사 사장들은 모두 현수를 만났다. 그 자리엔 콩고민주공화국의 담당 공무원들이 함께했다.

그런데 그냥 평범한 공무원이 아니라 거의 장, 차관급인지라 일사천리로 사업이 진행된 것이다.

하지만 본인은 현수와 일대일로 만나지 못했다.

왜 본인만 접근할 수 없었는지 아무리 생각해 봐도 알 수 없었다. 하여 상당한 스트레스를 받았다.

그러다가 계열사 회장단 회의, 그러니까 격주 주말마다 있는 이연서 회장 가족모임에 가게 되었다.

말이 가족 모임이지 실상은 치열한 권력 다툼의 장이다.

총괄회장 이연서가 일선에서 물러나거나 사망하면 서로 그 자리를 이어받으려 각축전을 벌일 것이기 때문이다.

그렇다 하여 주먹을 휘두르거나 뒷구멍에서 음모를 꾸미

는 등의 일은 없다. 정정당당하게 사업을 하고 그로 인한 성과를 보고하는 정도이다.

물론 같은 성과라 할지라도 포장하는 기술에 따라 커 보이기도 하고 하찮은 것이 되기도 한다. 하여 어찌 발표할 것인지, 어떤 타이밍에 말을 꺼낼 것인지를 사전에 준비한다.

어쨌거나 그 자리에서 이강혁 회장은 고개를 숙일 수밖에 없었다. 천지통신, 천지섬유, 천지자원, 천지정유, 천지전자 등 모든 계열사가 장밋빛 미래를 발표했다.

물론 정점은 천지건설이 찍었다. 어떤 계열사도 따르지 못할 성과를 올린 결과이다.

반면 천지화학은 유일하게 현상 유지가 고작이었다.

다른 계열사에 비해 상대적 빈곤감을 느꼈고, 상대적 박탈감까지 느껴 자괴감이 일 정도였다.

당연히 가장 마지막에 자신 없는 음성으로 그간의 성과 발표를 마치자 이연서 회장이 쏘는 듯한 눈빛으로 쩨려보았다.

이강혁 회장은 절로 움츠러드는 기분이 들어 시선을 내리깔 수밖에 없었다. 이때 이연서 회장의 일갈이 있었다.

"너희 모두 잘 들어라. 내가 사업을 일으키느라 자식들을 제대로 돌보지 못했다. 그럼에도 제대로 큰 녀석들이 있는가 하면 그렇지 못한 녀석도 있다."

"……!"

모두들 누가 제대로이고, 누가 아닌지를 생각하는지 대꾸가 없었다. 이때 이 회장의 발언이 이어진다.

"이 나이가 되고 보니 사업도 중요하지만 가정도 중요함을 새삼 느끼게 되었다. 너희 중에 여자 좋아하는 녀석들이 있다는 걸 안다."

"……!"

이 대목에서 거의 모든 자식이 고개를 숙인다. 이 회장에게 들킨 전과가 있기 때문이다.

"사내라면 본인이 벌인 일에 대한 책임을 져야 한다. 그런데 그 책임을 다하지 못하면 나중에 큰 벌이 되어 돌아올 수 있다. 그런 의미에서 오늘 나는 너희에게 한 가지 당부를 하고자 한다."

"……!"

또 아무도 대꾸하지 않는다.

혹시 느닷없는 후계자 발표인가 싶어서일 것이다. 그래서 그런지 모두의 시선이 이 회장의 입에 몰려 있다.

"오늘 이후로 여자 문제 때문에 시끄러워지는 녀석은 국물도 없다. 뭔 소리인지 알지?"

"네에!"

이구동성으로 대답을 한다. 방금 전에 한 말이 본인에게 한 경고일 수 있음을 알기 때문이다. 이때 이 회장의 시선이 둘째 아들인 이강혁 회장에게 향한다.

"강혁이 너!"

"네, 아버님."

"…아버님이라고 부르지 말라고 했다."

모두의 시선이 다시 한 번 쏠린다. 후계자 목록에서 이강혁이 제외되는 순간인 듯싶었던 때문일 것이다.

"……?"

"아버님은 남의 부친을 높여 부르는 말이다. 너와 난 아버지와 아들이다. 높여 부를 말이 없는 관계인 것이야."

"아……! 네에, 죄송합니다. 아버지."

"그래, 며느리가 시아버지에게 또는 사위가 장인에게 아버님이라 부르는 건 괜찮다. 하지만 아들은 아버지에게 아버님이라 하는 게 아니다. 그러면 남남인 관계가 되기 때문이다."

"네, 아버지."

"좋아, 오늘 식사 끝이다. 다들 가고 강혁이만 남거라."

이강혁 회장은 모두가 가고 난 뒤 신랄하게 깨질 것이라 생각하는지 고개를 숙였다.

잠시 후, 둘만 남게 되자 이강혁이 먼저 입을 열었다.

"죄송합니다. 아버지!"

"무엇이 죄송한 게냐?"

"화학만 성과가 없습니다. 모든 게 제가 부족해서 그렇습니다. 앞으로 더 나아지도록 노력하겠습니다."

"그래! 그런데 내가 물은 건 그게 아니다. 네가 무엇을 잘
못해서 죄송하다 했느냐는 뜻이다."

"그건… 회사의 실적을 높이지 못해서……."

이강혁 회장의 말은 끝을 맺지 못했다. 이연서 회장이 중간
에 끼어든 때문이다.

"아니! 네가 잘못한 건 그게 아니다. 아까 내가 한 말 기억
하느냐?"

"네? 아, 그럼요. 모두 기억합니다."

"그래! 네가 잘못한 건, 아니, 화학만 성과가 없는 건 네 젊
은 시절이 원인이다. 그때 네가 누구에게 무엇을 잘못했는지
반성하고 또 반성해라."

"네……? 그게 무슨……?"

대체 무슨 소리냐는 표정이었지만 이 회장은 썩 물러나라
는 손짓만 했을 뿐이다.

그날 이후 이강혁 회장은 본인의 젊은 시절을 여러 번 반
추했다.

그때는 무엇 하나 부러울 것 없는 부잣집 아들이었다.

빵빵한 지갑으로 원하는 것 거의 모두를 가지던 시절이다.
술집과 나이트클럽을 제집 드나들 듯 전전했다.

그때 만났던 많은 여인이 있다. 하룻밤의 인연으로 끝난 게

거의 대부분이지만 한동안 만남이 이어진 적도 있었다.

그들과의 결말을 생각해 보니 그리 나쁘지 않았다.

집안 차이가 너무 심해 스스로 떨어져 나간 여인들도 있었
고, 돈을 요구하여 몇 푼 집어주고 끝낸 경우도 있었다.

그러다 천지화학 사장이 되었고, 그때 강진숙을 만났다. 젊
고, 예쁜데다, 똑똑하고, 붙임성까지 있었다.

불같은 사랑을 했지만 재벌가의 결혼은 사랑만으론 이루
어지기 힘들다. 하여 그녀를 버리고 현재의 아내와 결혼했다.

둘 사이에서 태어난 게 이수린이다. 이연서 회장이 현수와
짝지어주고 싶어 소개해 줬던 장본인이다. 사촌지간인 현우
가 끼어들면서 자연스레 소멸된 관계이기도 하다.

어쨌거나 강진숙이 임신 7개월일 때 수린의 모친과 결혼했
다. 너무 늦었지만 수술비를 주고 낙태를 강권했다. 그리곤
27년간 단 한 번도 찾지 않았다.

그러다 우연히 들른 꽃집에서 강진숙을 만났고, 강연희가
둘 사이의 딸이라는 것도 알았다.

친자 관계를 확인하겠다고 하면 문제이다.

회사 내부는 물론이고 사회적으로도 망신이다. 하여 고심
끝에 현재의 아내에게 털어놓았다.

천지화학이 태동할 때 주무장관의 하나뿐인 딸이라 결혼
한 여인이다. 수린의 모친은 강진숙을 찾았고 유산에 대한 일

체의 권리를 주장하지 않겠다는 각서를 받아냈다.

아울러 서울로부터 최소 200㎞ 이상 떨어진 곳으로 이사 갈 것을 강요했고, 연희는 천지건설에 사표를 제출하라고 요구했다. 마치 죄 지은 여인 취급을 한 것이다.

그날 이후 강진숙으로부터 연락이 왔었으나 이강혁 회장은 받지 않았을 뿐만 아니라 비서를 통해 더 이상 볼일이 없으므로 다시는 전화하지 말라는 메시지만 보냈다.

그날 이후 아무런 접촉도 없었다.

나중에 확인해 보니 강진숙은 지방으로 이사했고, 강연희는 영국으로 장기 출장을 떠났다.

하여 일단락된 것으로 여기고 있었다.

생각해 보니 본인에게 원한을 품을 만한 사람 중에 강진숙이 포함되어 있다.

하여 강 여사가 이사 간 곳을 찾아보도록 했다. 주민등록 이전은 되어 있는데 거주한 적이 없다고 한다. 천지건설에 확인해 보니 강연희는 퇴사 처리되어 있다.

같은 건물에 있는 천지기획으로 옮겨갔지만 개인 정보이므로 인사 담당자가 알려주지 않았기에 모르는 일이다.

어디론가 멀리 떠나 잠적한 것으로 여긴 이강혁 회장은 이들 모녀가 영향력을 발휘한 것이라고 생각지 않는다.

그럴 만한 역량도, 돈도, 지위도 없는 존재들이기 때문이다. 하여 왜 이런 상황이 되었는지를 모른다.

어쨌거나 이 회장은 오늘도 골머리를 싸매고 있다.

누군가 자신과 척지은 사람이 있어 콩고민주공화국으로의 진출이 무산되었는데 그게 누군지 알고 싶어서이다.

아버지인 이연서 회장은 뭔가를 알고 있는 것이 분명하다. 그런데 감히 물어볼 수는 없다. 그랬다간 후계자 대열에서 완벽히 쫓겨나는 신세가 될 수 있음을 알기 때문이다.

그날 이후 이강혁은 심복들을 풀어 예전에 알고 지냈던 여인들에 대한 수소문을 진행 중이다. 그중엔 강진숙도 있다.

혹시나 하는 마음에 명단에 끼워 넣은 것이다.

이런 상황에서 강진숙이 귀국하여 양평 저택에 머물게 되면 눈치챌 수도 있다. 때로는 외출할 것이기 때문이다.

콩고민주공화국 진출의 열쇠는 현수가 쥐고 있다.

그런데 강 여사가 양평 저택에 머문다는 걸 알게 되면 틀림없이 접촉하려 할 것이다.

속은 어떤지 모르지만 강 여사는 마음속에서 이강혁을 지웠다고 했다. 그런데 다시 만나게 되면 마음의 상처를 입을 수 있다. 그렇기에 귀국을 말려야 하는 상황이다.

"그럼 예서 조금 더 머무세요. 나중에 부모님 귀국하실 때 같이 들어가시구요."

"그래! 그러세. 그나저나 신경 써주어 고맙네."

"고맙기는요. 당연한 일이지요. 참! 연희랑은 자주 통화 하시죠?"

"그럼! 그래서 자네가 얼마나 잘해주는지 아네. 고마워!"

"아이구, 그런 말씀 들으려 여쭤본 거 아닙니다. 그럼 편히 쉬세요, 전 손님이 왔다 하여……."

강 여사는 손님이 기다린다는 뉘앙스를 느꼈는지 얼른 가 보라며 손짓한다.

"알았네, 어여 가게. 어여! 손님 기다리시겠어."

"네, 내일 아침에 또 뵐게요."

"그래! 그러게."

빈관을 나선 현수는 부러 느릿느릿 걸었다.

[아리아니!]

현수의 어깨 위에서 발장구를 치며 놀고 있던 아리아니가 반색하며 대꾸한다.

[네, 주인님!]

[전에 이야기한 대로 집 뒤에 바이롯 재배 농장을 지을 거 야. 전단토를 이전시키는 거 생각해둬.]

[언제든 말씀만 하세요. 노에스에게 얘기하면 하룻밤이면 이루어질 일이니까요.]

[그리고 엘리디아 불러서 여기서 쓰는 수질 좀 더 좋게 하 라고 해.]

[네에! 그럴게요. 근데 지금 해요?]

[응! 기왕이면 빠른 게 좋지 않겠어?]

[네에, 알아서 모시겠어요.]

아리아니는 엘리디아를 불러 작업 지시를 내리려는지 홀홀 날아오른다. 주변을 둘러보니 어느새 어두워져 있다.

저택의 진입로부터 이쪽까지 수은등이 켜져 있는데 제법 고즈넉한 기분이 든다.

'게리 론슨이라고……? 재무부가 아니라 CIA이구만.'

국안부 제3국 자료에 언급되어 있는 인물이다.

특수 임무를 수행하는 비밀 첩보요원이 아니기에 신원이 드러난 듯싶다.

'근데 이자가 왜 노천금광에 관심을 갖지?'

정말 재무부 관리라면 이해가 된다.

하루라도 빨리 포트녹스에서 사라진 8,350톤의 금괴와 FRB 지하에 보관하고 있던 8,000톤의 금괴를 채워 넣어야 하기 때문이다.

금괴를 도난당한 사실이 외부로 알려지면 미국의 신인도는 폭락하게 될 것이다. 동시에 달러화 역시 기축 화폐로서의 자리를 잃을 확률이 매우 높다.

잃어버린 8,350톤의 황금은 약 4,676억 달러의 가치가 있다. 며칠 새 가격이 올라 100톤당 56억 달러가 된 때문이다.

한화로 환산하면 무려 561조 1,200억 원이나 된다.

제아무리 천조국 소리를 듣는 미국 정부라 할지라도 휘청 거릴 어마어마한 금액이다. 따라서 도난 사실은 극비에 붙이고, 얼른 채워 넣으려 노력할 것이다.

연방준비은행 FRB도 마찬가지이다.

잃어버린 금괴 중 상당 부분은 보관료를 받고 맡아준 것이다. 8,000톤에 달하는 금괴는 4,480억 달러의 가치이다.

한화로 환산하면 537조 6,000억 원이다.

이들 둘을 합치면 무려 9,159억 달러, 1,098조 7,200억 원이나 된다.

미국 정부와 FRB는 금괴 도난 사실을 공유하고 있을 것이다. 동병상련이 된 둘은 달러화를 무제한 찍어내서라도 이를 메우려 할 것이다. 물론 새로 찍어낸다는 것은 비밀이다.

어쨌거나 게리 론슨은 재무부 직원이 아니다. CIA에서 본인을 찾아왔다면 뭔가 냄새를 맡은 것이 분명하다.

그런데 그게 뭔지 알 수 없다.

'확 마법을 써서 세뇌시켜 버릴까? 아냐, 일단은 올웨이즈 텔 더 트루스 마법으로 뭘 알고 싶어 왔는지 파악하는 것이 우선이야.'

이런저런 생각을 하며 저택을 한 바퀴 돌았다. 시간을 끌기 위해 일부러 한 일이다.

"다녀오셨습니까? 주인님!"

"손님은 어디 계시죠?"

"저쪽입니다, 주인님!"

피터스 가가바가 손짓한 곳을 보니 흰색 양복을 말끔하게 차려입은 사내가 자리에서 일어서고 있다.

집주인이 왔다니 예의상 일어나는 모양이다.

"김현수입니다."

"반갑습니다. 재무부 차관보 게리 론슨입니다."

천연덕스럽게 재무부 로고인 수평저울과 열쇠가 찍힌 명함을 건넨다. 수평 저울은 정의, 공정, 공평을 뜻하고 열쇠는 직권을 뜻한다.

이곳에선 국내외 재정 정책의 수립을 건의하고, 조세 정책을 세우며 각종 세금을 징수하고, 화폐 및 국채의 발행과 관리를 담당하며, 국립은행을 감독한다.

하여 미국의 기업인들은 재무부 관리들과의 접촉을 꺼린다. 한국식으로 치면 거의 저승사자를 만나는 기분이 들어서일 것이다.

"차는 대접 받으셨습니까?"

"그럼요! 주스를 줬는데 아주 맛이 있더군요. 향도 일품이었습니다. 근데 대체 뭐로 만든 주스인가요?"

게리 론슨은 실제로 궁금하다는 표정이다. 방금 말한 대로 정말 끝내주는 주스였던 때문이다.

좋다는 걸 많이 접해보았지만 이런 건 처음이다. 주스 사업을 하면 대박 날 것이라는 확신이 들 정도로 좋았다.

'쩝! 쉐리엔 열매를 착즙한 것을 준 모양이군.'

"뭘 드셨는지 제가 모르니 나중에 물어보죠. 그나저나 제게 무슨 용무가 있어서 찾아오셨는지요?"

"용무요? 아! 먼저 우리 미국에 투자해 주신 것에 대해 감사의 뜻을 표합니다."

이실리프 트레이딩에서 주식을 사고팔면서 생긴 수익 중 일부를 세금으로 납부하는 것에 관한 이야기인 듯하다.

"그거 그렇게 되나요? 저는 미국 증시에 관심이 있어서 그리한 겁니다."

"그럼, 투자 액수를 더 늘려주실 거죠?"

현수가 쉐리엔과 항온의류로 막대한 돈을 벌어들이고 있음을 알기에 하는 말일 것이다.

"그럴 겁니다. 더 많은 이익이 발생할 테니까요."

"그렇겠지요. 그나저나 저는 금에 대해 관심이 많습니다."

"금이요? 재무부에서 금이 필요한 건가요?"

뻔히 알면서 묻는 질문이다. 이를 모르니 게리 론슨은 짐짓 진지한 표정으로 말을 잇는다.

"이곳 이실리프 자치령에 노천금광이 있다는 소리를 들었습니다."

말을 마친 게리 론슨은 현수와 시선을 마주친다. 진실을 말하라는 표정이다. 이에 넘어갈 현수가 아니다.

하여 표정 변화 거의 없이 대꾸했다.

"있죠! 금도 제법 많아서 쏠쏠한 재미를 보는 중입니다. 설마 게서 나온 금을 처분하여 이실리프 트레이딩 사업비로 충당하라는 말씀을 하러 오신 건 아니죠?"

"그, 그럼요! 하하, 그냥 그렇다는 겁니다."

게리 론슨은 속내를 찔린 듯한 표정을 짓는다. 하나 눈빛은 변하지 않고 있다. 진짜 목적은 다른 데 있다는 것이다.

그러거나 말거나 현수의 음성이 이어진다.

"혹시 미국에서도 제 금을 사시려는 겁니까? 그렇다면 기꺼이 그럴 용의가 있습니다."

"그래요? 품질만 좋으면… 사죠! 근데 얼마나 있습니까?"

"얼마나 필요하신데요?"

겉보기엔 평범한 상담 같지만 서로 속마음을 알아보려 치열한 신경전이 벌어지는 중이다. 물론 둘 다 웃는 낯이다.

"많이 필요합니다. 거기서 나오는 걸 다 살 수도 있습니다. 그런데 그 노천금광은 대체 어디에 있습니까?"

드디어 본론이 나왔다. 지나가는 말처럼 한 이야기이지만 눈빛이 조금 더 초롱초롱해진 것이 그 증거이다.

"이실리프 자치령 안에 있습니다. 그리고 노천인지라 입지는 밝힐 수 없구요. 아시다시피 먼저 줍는 게 임자인 게 금 아닙니까?"

이실리프 자치령은 아직 펜스 설치가 되어 있지 않다.

노천금광의 위치가 소문나면 누군가의 침입이 있을 수 있다. 그럴 경우 막대한 손실이 우려된다는 뜻이다.

"흐음! 노천이라… 품질이 아주 좋은 모양입니다."

CHAPTER 11
금광 만드는 법

전능의**팔찌**
THE OMNIPOTENT
BRACELET

흔히들 노다지라 불리는 금맥은 번쩍이는 금줄기가 아니
라 금이 포함된 금광석 부위를 뜻한다.

그런데 돋보기를 들이대도 금가루가 잘 보이지 않는다.

과거엔 원석 1톤에 13g 정도 있어야 경제성이 있는 것으로
판단했지만 요즘엔 5g만 있어도 채광한다.

기술이 좋아진 결과이다. 다시 말해 지질학, 광물학, 자원
공학, 컴퓨터 공학이 발달되어 가능해진 일이다.

대개 다음과 같은 과정을 거쳐 금괴가 만들어진다.

굴착 → 측량 → 금맥 발견 → 발파 →

채광 → 금광석 운반 → 선광 → 제련

이 중 선광(選鑛)이란 캐낸 금광석의 품질을 높이기 위해 잡석을 골라내는 과정이다. 이런 선광 공정을 거쳐 나온 것을 정광(精鑛)이라고 한다.

정광은 금, 은 등을 포함한 금속 가루이다. 이걸 제련하여 금괴, 은괴 등을 만들어내는 것이다.

그리고 노천금광이란 굴을 파고 들어가면서 금맥을 찾는 게 아니라 땅거죽 근처에 금맥이 있음을 의미한다.

그렇다 하여 무한정 줍다시피 하는 것은 아니다.

지표에 드러났거나 아주 가깝게 있는 것을 모두 걷어내면 결국 금맥을 따라 굴착해 가면서 지하의 것들도 채굴한다.

참고로 한국의 지난 2012년 황금 생산량은 392.5kg이다.

그런데 이실리프 자치령의 노천금광에서 생산한 금은 벌써 1,000톤 이상 채굴되어 해외로 팔려 나갔다.

짧은 기간 동안 캐냈다 하기엔 그 양이 너무 많다.

지극히 의심스러운 것이다. 하여 첩보원을 파견하였으나 아무런 성과가 없었다.

그래서 인공위성까지 동원하여 이실리프 자치령을 그야말로 샅샅이 뒤졌다. 이때 사용한 인공위성의 해상도는 0.5m짜리였다. 크기가 50cm가 넘으면 그게 무엇인지 알 수 있다는 뜻이다.

몇날 며칠 동안 요원들을 총동원하여 두 곳의 자치령을 샅샅이 뒤지고 또 뒤졌다.

그런데 너무 넓다. 그리고 두 곳 다 도로조차 없는 곳이 거의 대부분이다. 다시 말해 기준이 될 만한 랜드마크가 전혀 없다.

정글이 우거진 곳이 너무 많아 여기가 거기 같고, 아까 본 것이 지금 보는 곳과 거의 같은 경우가 비일비재했다.

하여 두 눈 부릅뜨고 살펴봤지만 성과는 없었다. 각종 동물의 짝짓기 장면만 수없이 목격했을 뿐이다.

이렇게 찾다 찾다 찾을 수 없자 직접 온 것이다.

대놓고 CIA 요원이니 노천금광을 보여달라고 할 수는 없다. 그래 봤자 보여주지 않는 것은 물론이고, 접견조차 거절할 것이기 때문이다.

하여 어떤 신분으로 접근할까 고민할 때 재무부 차관을 만났다. 아버지의 동생이다. 다시 말해 작은아버지이다.

재무부는 현재 비상령이 선포되어 있다. 대량의 황금을 긴급하게 채워 넣어야 하는 상황이기 때문이다.

FRB에 있는 것 중 일부는 미국 정부의 것이다. 하지만 그것의 보관 책임은 연방준비은행에 있다.

다시 말해 FRB가 책임지고 채워놓아야 하는 것이다.

반면 포트녹스에서 분실한 것은 전적으로 미국 정부의 책임이다. 이것 전부가 도난 내지 분실된 것을 야당이 알면 난리가 벌어질 일이다.

즉각 청문회가 열릴 것이고, 그 과정에서 수많은 관리가 자리를 잃을 뿐만 아니라 정권 자체가 위험해진다.

손실액이 워낙 크기 때문이다.

하여 재무부 차관보라는 가짜 신분을 만들어 온 것이다.

어쨌거나 현수는 별일 아니라는 표정으로 말을 잇는다.

"노천금광이니 아무래도 그렇죠. 그나저나 얼마나 필요한 겁니까? 재무부에서 오셨으니 아무래도 양이 많겠죠?"

"……!"

별 뜻 없는 말이다. 그럼에도 왠지 놀림당하는 기분이 들어 게리 론슨은 잠시 말을 끊었다. 그러나 그 시간은 길지 않았다.

"한국에 다다익선이라는 말이 있다는 걸 압니다. 얼마나 많이 생산되는지 알 수 없지만 제련된 양 전부를 매입하겠소."

가에탄 카구지가 말하길 상당히 싸가지가 없다고 했는데 그 기질을 드러내려는 듯 어투가 살짝 바뀌었다.

그러거나 말거나 현수는 모르는 척하고 넘어간다.

"네에? 정말요……? 금괴의 양이 상당히 많은데 정말 다 살 겁니까?"

현수는 짐짓 매우 놀라는 표정을 지었다.

"그렇소! 양이 얼마가 되었든 다 사겠소."

2011년 4월 기준 국가별 금 매장량을 보면 호주가 1위이다. 7,300톤이 매장되어 있는 것으로 알려져 있다.

2위는 남아공 6,000톤, 3위 러시아 5,000톤, 4위 칠레 3,400톤, ……10위 우즈베키스탄 1,700톤이다.

10위까지 살펴봐도 콩고민주공화국은 없다.

그런데 미국이 필요로 하는 금의 최소량은 8,000톤이다.

현재는 포트녹스에 있던 금이 분실되었다는 것을 아는 사람들이 적다. 보안만 유지하면 분실 내지 도난 사실을 감출 수 있다. 관계자 외 접근 금지 구역이기 때문이고, 미국 정부가 그 금을 사용할 일도 별로 없기 때문이다.

그래도 채워놓아야 한다. 금이 없다는 게 드러나면 자칫 국가 신인도가 폭락할 수도 있기 때문이다.

그런데 매장량 1위인 호주의 모든 금을 캐도 필요량에 미치지 못한다.

그렇기에 얼마가 있든 다 사겠다고 말한 것이다.

"있는 거 다 사신다니 좋군요. 저도 마침 돈이 필요했거든요. 그런데 언제 가져가실 겁니까? 인도 장소는 어디구요?"

"가급적 빨랐으면 좋겠소. 그리고 우리가 직접 가져갈 겁니다. 인도 장소는 사람들의 시선이 없는 노천금광 제련소였으면 좋겠소."

"……!"

결국 노천금광을 보고 싶다는 뜻이다. 하여 현수는 잠시 말을 끊었다. 없는 금광을 어떤 방법으로 보여주어야 하나 생각한 것이다.

"그런데 얼마나 있소?"

"…확인해 봐야겠지만 일단 2,000톤 정도는 가능할 겁니다."

"헉!"

게리 론슨은 화들짝 놀란다. 상상 이상이었던 때문이다. 이때 현수의 놀라운 말이 이어진다.

"한 두세 달쯤 시간을 주시면 그 정도를 더 매각할 수도 있을 겁니다."

"헉! 두세 달 만에 추가로 2,000톤이나 생산 가능하다는 말씀이시오?"

게리 론슨은 정말 놀랐다는 듯 눈을 크게 뜬다. 그러거나 말거나 현수는 여전히 심드렁한 표정이다.

"근데 값은 어떻게……? 요즘 금 시세가 100톤당 한 56억 달러 정도 하죠? 한 며칠 시세가 얼만지 확인을 안 해봐서 모르겠네요. 얼마나 됩니까?"

요즘 금 시세는 날마다 오르는 중이다. 미국과 일본, 그리고 지나가 닥치는 대로 사들이는 중이기 때문이다.

현수가 말한 시세는 며칠 전의 것이다. 오늘의 종가는 이보다 3% 정도 오른 57억 6,800만 달러이다.

게리 론슨은 이를 알기에 고개를 끄덕인다.

"그, 그렇소."

"요즘 값이 계속 오르고 있었는데……."

현수가 짐짓 흥정을 시작해 보자는 표정을 짓자 게리 론슨
은 바싹 다가앉는다. 금괴를 확보하는 것만으로도 큰 공이 되
기 때문이다.

"57억 달러면 어떻소?"

"57억이요? 금방 58억 달러까지 오를 거 같은데요. 어쩌면
59억 달러가 될지도 모르구요. 요즘 오르고 있잖아요."

"…그렇지만 우리가 사려는 건 양이 많으니까 조금 할인된
값에 주면……."

"에구, 잘 아시면서 그런다! 금은 그 자체가 돈이나 마찬가
지잖아요. 많이 산다고 할인해 주고 그러는 거 아니지요."

"그야, 그렇지만……."

뭐라 대꾸해야 할지 옹색해진 게리 론슨은 말끝을 흐린다.
그러다 문득 생각났다는 말을 잇는다.

"선금! 맞아요! 나머지 2,000톤에 대한 대금도 선금으로 줄
수 있습니다."

게리 론슨의 어투가 살짝 바뀐다. 갑을 관계가 새롭게 정립
된 때문일 것이다.

"몇 달 후면 금값이 더 오를 텐데 선금이 무슨 소용 있어

요? 요즘 같은 저금리 시대에……. 안 그래요?"

현수의 말이 또 옳다.

금값은 나날이 오른다. 몇 달 사이에 10%라도 오를 수 있다. 그런데 시중은행 금리는 1년에 불과 2% 수준이다.

이자세를 떼고 나면 1%대가 되고, 이마저도 하락할 수 있다는 것이 전문가들의 의견이다.

아예 제로 금리. 그러니까 은행에 예금을 해도 이자가 한 푼도 붙지 않는 시대가 올 수도 있다. 따라서 현재의 가격으로 선금을 받는 것은 오히려 손해일 수 있다.

"우리와 거래하면 여러모로 편하실 겁니다. 이실리프 자치령을 여러 군데에 만드는 데 필요한 게 많지 않을까요?"

"많기야 하지만 거의 전부 한국에서 들여올 건데요?"

"그래도……."

진짜 할 말이 없는지 게리 론슨은 한참을 머뭇거린다. 명색이 CIA 비밀요원이면서 특별요원이다.

비밀요원은 신분이 감춰져 있다는 것이고, 특별요원은 재량권이 제법 크다는 뜻이다. 임무 수행을 위해 1,000만 달러까지는 사전 승인 없이도 지출을 결의할 수 있다.

군부에 협조를 요청하면 잠수함이나 수송기를 얼마든지 쓸 수 있을 정도이다. 그런데 지금 안절부절못하는 표정이다.

이쯤 되면 조금은 풀어주는 것이 낫다.

'그나저나 노천금광은 왜 보자고 하는 거지? 냄새를 맡은 건가? 이쯤 해서 속내를 한번 알아봐?'

생각을 정리한 현수는 주스 잔을 들어 올려 달싹이는 입술을 가린다. 이때 시선은 게리 론슨에 닿아 있다. 대인 마법을 시전하려는 것이다.

"올웨이즈 텔 더 트루스!"

샤르르르릉―!

마나가 스며들자 게리 론슨의 눈빛이 바뀐다.

조금 전까지 탐색하려는 의지가 담겨 있었다면 지금은 천진난만한 아이의 그것과 비슷하다.

"미스터 론슨! 재무부 차관보라고 했죠?"

"네, 그렇게 말씀드렸습니다."

"궁금하군요. 당신의 진실한 신분은 뭐고, 여기에 온 진짜 목적은 뭐죠?"

"저는 CIA 비밀요원이며, 특별요원이기도 합니다. 극동 담당 중간 책임자입니다. 한국으로 치면 국가안전부 차장보쯤 됩니다. 그리고 제가 이곳에 온 목적은……."

게리 론슨은 평생 처음으로 속에 있는 그대로를 표현해 낸다. 듣고 있는 현수의 표정은 점점 심각해졌다.

누군가 인공위성까지 동원하여 자신의 일거수일투족을 보고 있다고 한다. 어디서든 마법이 구현되는 걸 보여주면 안

됨을 의미한다.

하여 지금까지 마법을 썼던 것을 되새겨 보았다.

다행히 거의 모두 실내에서 이루어졌다. 아직은 인공위성으로도 자신의 존재를 파악할 수 없음을 의미한다.

'이건 뭐……! 하늘에 떠 있는 것까지 신경 쓰면서 살아야 하는 거야? 제기랄!'

어쩌면 우미내 마을 뒷산을 쏜살같이 쏘다녔던 것을 보았을지도 모른다. 하여 몇 가지를 물었다.

게리 론슨은 당연히 진실만을 이야기했다. 다행히도 한국에 있는 동안의 모습은 살피지 않았다고 한다.

현수는 몇 가지 궁금한 것을 더 묻고는 론슨에게 시선을 준다. 또 다른 대인 마법을 구현시키려는 것이다.

"매직 캔슬! 어펜시브 참!"

샤르르르르룽—!

순차적으로 마나가 스며들자 게리 론슨의 눈빛이 두 차례나 변한다. 순진무구에서 탐색으로, 그리고 존경과 흠모의 빛으로 바뀐 것이다.

"미스터 론슨!"

"네, 회장님."

조금 전과는 판이하게 다른 태도이다.

"귀국하는 대로 누가 나에 대해 조사하는지를 조사해서 알려주실 수 있죠?"

"그럼요. 그리 어려운 일도 아닙니다. 근데 어떻게 알려드리죠? 제가 전화를 할까요?"

"아뇨. 저희 쪽에서 연락할 때 알려주시면 됩니다."

"네, 알겠습니다."

마법의 결과 게리 론슨은 현수에게 지극한 호감을 갖게 되었다. 그런데 아무에게나 이런 속내를 이야기하면 안 되기에 진실만을 이야기하는 마법은 해제한 것이다.

"미스터 론슨! 노천금광이 보고 싶다고요?"

"보여주시면 좋죠. 어쨌거나 저희가 고객이니까요."

"그럽시다. 대신 보안 유지는 필수인 거 아시죠?"

"물론입니다. 언제 볼 수 있습니까?"

"일단은 여기서 쉬고 있어요. 지금은 밤이라 갈 수 없으니 내일 아침에 출발합시다."

"아! 네에, 알겠습니다."

게리 론슨이 고개를 끄덕이자 현수는 인터컴을 눌러 피터스 가가바를 불렀다. 그리곤 론슨을 빈관에 머물도록 하였다.

모두가 물러간 후 현수는 창밖을 보며 생각을 정리했다. 지금부터 그럴듯한 노천금광을 구해야 한다.

어떤 방법을 쓸 건지 구상하는 것이다.

"그래! 그 정도면 되겠군. 아리아니!"

"네, 주인님!"

기다렸다는 듯 창밖으로부터 아리아니의 교구가 날아와 어깨 위에 사뿐히 앉는다. 그리곤 친밀감을 표시하려는 듯 현수의 귀에 얼굴을 비빈다.

"최상급 정령들 전부 불러줄래?"

"그럼요. 실라디아, 노에스, 이그드리아, 엘리디아 나와!"

"…땅의 정령 노에스가 마스터를 뵈옵니다."

"엘리디아가 마스터를 알현하옵니다."

"이그드리아 마스터의 부름받고 대령했습니다."

"실라디아가 마스터를 뵈어요."

"그래, 다들 모였군, 너희와 상의할 게 있어서 불렀어."

현수의 말이 떨어지자 모두가 시선을 들어 바라본다. 무엇이 되었든 말만 하라는 뜻이다.

"내가 필요한 건 노천금광이야. 아리아니, 내 아공간에 품질이 조금 낮은 금 아직 많지?"

"그럼요! 산더미처럼 있어요. 그게 필요하신 거예요?"

"그래! 그걸 좀 써야겠어. 내가 필요한 건 말이지……."

잠시 현수의 설명이 이어졌다. 정령들과 아리아니는 귀를 쫑긋 세운 채 듣고만 있었다.

이윽고 현수의 말이 모두 끝나자 자기들끼리 의견을 주고 받는다. 아주 빠른 속도로 이야길 하는지라 현수는 반도 알아 듣지 못했다. 그러더니 어디론가 휙 사라진다.

다시 돌아올 때까지 걸린 시간은 대략 3시간 정도이다.

정령들 앞에 나선 아리아니는 앙증맞은 날갯짓을 하며 벽에 걸린 지도를 가리킨다.

"주인님! 장소는 여기가 좋을 것 같대요."

아리아니가 지적한 곳은 반둔부 자치령의 중심부에 있는 험준한 지형의 산골짜기 아래이다.

게리 론슨이 말하길 반둔두와 비날리아 지역의 노천금광을 찾기 위해 회전장(Spin field) 탐사 기술을 썼다고 했다.

이는 러시아에서 개발한 기술로써 회전장의 파장 속도가 광속보다 10배 이상 빨라 모든 광물 정보를 기억함을 이용한 것이다. 그러므로 인공위성에 잡힌 회전장 사진을 통해서 어디에 금이 있는지 찾을 수 있다.

사실 콩고민주공화국은 세계에서 가장 고품질인 금광을 보유하고 있다.

우간다와 접하고 있는 동쪽 이투리(Ituri) 지방의 킬로모토(Kilo—Moto) 금 벨트에 주로 매장되어 있다.

이곳은 반군과 치열한 접전이 벌어지는 지역이다.

그리고 이곳의 광업권은 이미 '오키모'와 '제카민'이라는 회사로 넘어가 있는 상태이다.

이 지역 이외엔 금이 지극히 드문 것으로 알려져 있다.

특히 반둔두와 비날리아 지역엔 금이 없는 것으로 조사된 바 있다. 외국 탐사 업체에 용역을 주어 회전장 기술로 이미 확인한 것이다.

그래서 가에탄 카구지에게 노천금광 이야길 꺼냈을 때 전혀 의심치 않고 쉽게 받아들인 것이다.

아까 정령들에게 설명할 때 이러한 부분도 이야기되었다.

따라서 아무 데나 노천금광을 조성해선 안 된다. 그렇기에 반두두와 비날리아 지역 전체를 세밀히 둘러보고 온 것이다.

아리아니의 설명을 들어보니 험준한 산속 동굴이다.

이 동굴의 상층부에는 철광석이 풍부하게 매장되어 있어 회전장 탐사 기술로도 금맥의 존재를 알기 어렵다.

"동굴 바닥으로 얕은 물이 흐르고 있어요. 엘리디아가 그걸 멈추면……."

아리아니의 설명이 이어졌다.

흐르는 물을 멈추게 한 후 땅의 정령 노에스가 적당한 깊이로 거죽을 긁어낸다. 그러면 불의 정령 이그드리아가 금을 녹여 그 틈에 부어버린다.

이때 불순물들이 가급적 위로 올라가도록 조절한다.

다음은 바람의 정령 실라디아가 나서서 용융된 금을 빠르게 식힌다. 불순물이 많은 모습이 되어야 하기 때문이다.

마지막은 다시 엘리디아이다. 다시 물이 흐르게 하여 원래의 모습이 되게 한다. 그러는 사이에 노에스는 작업자들이 이동하는 계단, 통로 등을 조성한다. 이곳에서 캐낸 금광석을 어디론가 운반하는 것으로 여겨지게 하려는 것이다.

"금방 돼?"

"서너 시간만 주시면 가능해요."

"좋아! 가자. 어디지?"

현수가 고개를 끄덕이자 실라디아가 나선다.

극상의 아름다움을 가진 아가씨가 발가벗고 있는 모습이기에 시선 주기가 그렇지만 어쩌겠는가!

"마스터! 좌표는 661DDE312KER — QTP21745N56S — 11QHL168TTY2이에요."

"오케이, 알았어! 자, 그럼 가보자고. 텔레포트!"

샤르르르르릉—!

현수와 아리아니, 그리고 네 정령 모두 사라졌다. 하지만 아무도 알지 못한다. 이곳은 현수의 킨샤사 저택 2층이다.

현수와 지현, 그리고 연희와 이리냐는 아무 때나 드나들어도 되지만 2층 담당 시녀인 알리사와 마리나, 그리고 세레나도 부르기 전엔 올 수 없는 곳이기 때문이다.

"여기야? 숲이 아주 울창하네."

목적지에 당도해 보니 울창한 숲 가운데이다. 약 10여 평정도 되는 공간의 바닥은 바위이다. 식물이 자랄 수 없어 빈공간인 것이다. 사방은 울창한 숲이다.

컴컴한 어둠 속에 있지만 현수는 대낮처럼 보고 있다. 도착하자마자 오올 아이 마법을 구현시킨 때문이다.

"네! 저기 저곳 보이시죠?"

아리아니가 손짓한 곳을 자세히 살펴보니 제법 큰 동굴의입구가 보인다. 높이는 5m쯤 되고, 폭은 7m쯤 되는 듯하다.

울창한 수풀이 주변을 완전히 에워싸고 있기에 자세히 살피지 않으면 발견하기 힘들 것이라는 생각이 든다.

"일단 가보지."

"네!"

숲을 헤치고 다가가 보니 시냇물이 흐른다. 발목이 겨우 잠길 정도로 얕은데 아주 시원하다. 이 물 덕분에 주변 식물들은 목마름을 걱정하지 않아도 될 것이다.

"여기요. 이쯤에서부터 일을 하면 좋을 것 같아요. 저긴 작업자들이 드나드는 통로로 꾸미구요."

어린 소녀가 자기 방을 꾸미는 기분이라도 드는 듯 아리아니의 음성은 살짝 들떠있다.

"좋아, 시작하지. 무엇부터 하면 되지?"

"제가 말하는 대로만 해주시면 되요. 자아, 먼저 엘리디아,

물부터 어떻게 해봐."

"네, 아리아니님!"

잠시 후 흐르던 물줄기가 멈춘다.

"자아, 이제 노에스 차례야. 시작!"

"네에."

아리아니의 지시에 따라 바닥이 파지고 아공간 속에 담겨 있던 히데요시의 금이 꺼내졌다. 미국, 일본, 지나 등에서 가져온 건 너무 순도가 높아 적합하지 않은 때문이다.

일련의 작업이 마쳐진 후엔 여기저기 곡괭이, 삽, 망치, 운반 도구 등을 벌여놓았다.

진짜 작업장처럼 보여야 하기 때문이다. 이것들 중 일부는 라이서 제국 수도에 있는 신전 농장에서 사용하던 것이다.

당연히 신품이 아닌 중고이다. 황학동에서 구매한 것들은 너무 새것이라 적합지 않아 이걸 꺼내놓은 것이다.

최종적으로 현수가 고개를 끄덕인 건 오전 여섯 시경이다.

본인이 봐도 그럴듯하다 싶을 정도로 만드느라 애를 많이 썼다. 그렇기에 흐뭇한 마음으로 바라본다.

"자아, 수고들 했어. 정령들은 이곳에 남아 손볼 게 더 있는지 확인해. 혹시 정령력이 필요해?"

"아뇨! 괜찮사옵니다."

엘리디아의 말이었다.

"그럼 아리아니! 갔다가 금방 올 테니까 여기 잘 살펴보고 있어."

말을 이렇게 했지만 사대 정령과 힘을 합쳐 미진한 부분이 있거든 손보라는 뜻이다.

"네에, 주인님! 다녀오세요."

"그래! 그럼 부탁해. 텔레포트!"

샤르르르릉—!

현수의 신형이 사라지자 아리아니는 노에스를 부른다.

"노에스! 여기 진짜 금맥은 없어?"

"우리가 만든 거 말고 다른 거 말씀하시는 거죠?"

"그래! 이렇게 산이 깊으면 그 정도는 있어줘야 하는 거 아냐? 내 생각엔 뭐가 있어도 있을 거 같은데. 아까 보니까 쇠뜨기와 뱀고사리도 많이 보이던데."

쇠뜨기는 금의 표지 식물이다.

다른 식물에 비해 구리, 아연, 카드뮴, 납 등의 중금속을 흡수하여 축적하는 능력이 높다.

쇠뜨기 생체 1톤은 금 135g을 축적시킬 수 있다.

이 정도면 웬만한 금광석보다 훨씬 더 경제적 가치를 지녔다 할 수 있다.

뱀고사리는 금뿐만 아니라 구리 매장지 근처에도 많이 난다. 이것 역시 잎에 금속 성분을 저장한다.

따라서 이 두 식물이 유난히 많다면 근처에 금맥이 있을 확률이 매우 높다. 예전엔 자박마니[15]들이 이것으로 금맥을 탐사하곤 했다.

"그럼 한번 찾아볼까요?"

"그래! 주인님 오시려면 시간 걸릴 테니 한번 뒤져봐. 그러는 동안 우린 여길 좀 더 살펴볼 테니."

"네! 그럼 다녀오겠습니다."

말을 마친 노에스의 신형이 마치 땅속으로 스며들 듯 스르르 사라진다. 실라디아와 엘리디아, 그리고 이그드리아는 주변을 열심히 돌아다니며 현수가 내린 명령에 따른다.

진짜 사람들이 와서 작업을 한 것처럼 흔적을 남기는 것이다. 바람의 정령은 나뭇가지들을 부러뜨려 사람이 드나든 것처럼 해놓았고, 이그드리아는 작업자들이 취사 행위를 한 것 같은 흔적을 만들었다.

물의 최상급 정령 엘리디아만은 특별히 할 일이 없는지라 아리아니의 꽁무니를 따라다니면서 인근 숲을 활기차게 만드는 일에 동조했다.

같은 시각, 현수는 저택 2층에서 아래층으로 내려가고 있다.

"안녕히 주무셨습니까? 주인님!"

"좋은 아침입니다, 주인님!"

---

15) 자박마니 : 금을 캐는 일을 업으로 삼는 사람. 참고로 자박은 생금을 일컫고, 마니는 어떠한 일을 하는 사람이라는 뜻이다.

피터스 가가바와 엘린 가가바 부부가 환히 웃으며 고개를 숙인다.

"네에, 좋은 아침이네요. 간만에 아주 푹 잤습니다."

이 말은 뻥이다. 현수는 도착 즉시 샤워부터 했다. 동굴에 거미가 많이 살아서 온몸이 거미줄투성이였던 때문이다.

녀석들 전부는 동굴 밖으로 쫓겨 나갔다. 이 일을 한 것은 아리아니이다. 그녀가 거미들에게 거처를 옮길 것을 명했더니 슬금슬금 나가 버렸다.

얽혀 있던 거미줄은 이그드리아가 뜨거운 입김 한 방으로 정리했다.

"오늘 아침 메뉴는 뭐죠?"

"블루베리 잼을 곁들인 크로와상, 그리고 커피와 오렌지 주스입니다."

"완전 프랑스식이군요."

"부족하시면 스테이크를 조금 준비할까요?"

"좋죠! 기왕이면 야채 스프도 곁들여 주세요. 블루베리 잼은 빼구요. 참, 샐러드도 조금 부탁해요."

"네에, 알겠습니다. 알리사! 들었지? 가서 식재료 준비해."

"네! 시녀장님."

알리사가 주방으로 가자 엘린은 마리나와 셀레나에게 시선을 준다.

"올라가서 주인님 침실 정리하도록!"

"네, 시녀장님."

명을 받자 둘은 지체없이 이행하려 몸을 돌린다. 이때 현수의 음성이 있었다.

"안 올라가도 돼요. 다 정리하고 내려왔으니까."

"네? 주인님! 왜 주인님이 그런 일을 하세요? 그런 건 저희가 해야 할 일인데……."

"나 혼자 자서 정리하고 말 것도 없었어요. 알죠? 나 잠 험히 안 자는 거."

이 저택에 머무는 동안 침실에서 자본 건 손으로 꼽을 일이다. 여러 번 저쪽 세상으로 차원이동을 했기 때문이다.

다시 말해 아예 침실을 사용하지 않았던 날이 많다.

그렇기에 시녀들은 현수의 말에 고개를 끄덕인다. 올라가보면 손볼 것 없을 정도로 말끔하곤 했기 때문이다.

현수가 직접 정리를 하고 내려온 것으로 알고 매번 그러지 말라고 했는데 또 그런 모양이다.

들리는 말론 주체할 수 없을 정도로 돈이 많은 사람이다.

이런 사람들은 대개 후안무치하게 거들먹거리거나 안하무인인 경우가 많다. 그런데 현수는 이런 범주에 들지 않는다.

누구에게나 친절하다. 그리고 아랫사람들에게 많은 배려를 해준다. 미워하거나, 욕하고 싶은 윗사람이 아닌 것이다.

그렇기에 하는 일 없이 많은 급료만 챙기는 기분이 들어 더욱더 정성 들여 일하는 중이다.

청소를 할 때면 어떤 구석이라도 먼지 한 톨 쌓이지 않도록 치워가며 일을 한다.

워낙 넓어 청소기를 끌고 다니면서 먼지를 빨아들이는 일만으로도 땀이 나야 하지만 그러지 않는다.

주인님이 배려해 주신 항온의류 덕분이다.

어쨌거나 마리나와 셀리나는 고맙다는 뜻으로 공손히 절을 하곤 주방으로 물러났다.

현수는 조용히 야채 스프를 떠먹었다. 간이 적당하여 그런지 이것 또한 매우 맛이 있다. 문득 아르센 대륙에서 먹던 스튜가 떠올랐지만 고개를 흔들어 상념을 털어냈다.

조만간 가야 하지만 지금 당장은 아니기 때문이다.

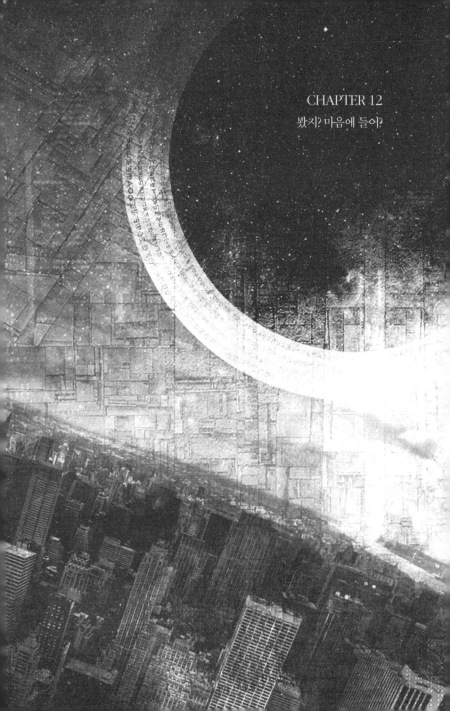

CHAPTER 12
봤지? 마음에 들어?

전능의팔찌
THE OMNIPOTENT
BRACELET

"미스터 가가바!"

본인의 이름이 불리자 피터스 가가바의 허리가 직각으로 꺾인다. 대통령궁 경호팀장이었던 옛 모습은 찾기 힘들다.

마치 아르센 대륙의 여느 귀족가 시종장 같다.

여전히 경호팀을 총괄하고 있지만 저택 관리까지 총괄하는 총관 역할까지 맡으면서 조금씩 변한 결과이다.

물론 아직은 경호원으로서의 능력이 사라진 것은 아니다.

"네! 주인님."

"빈관 손님에게 식사 같이하자고 전해주세요."

"…네, 알겠습니다."

가가바는 아무것도 묻지 않고 벽에 걸린 전화기를 든다.

저택 건물들의 이동 간격이 제법 되기에 각각과 연결된 내선이 있는 것이다.

통화하는 소리를 들으며 식당으로 갔다.

싱그러운 꽃들이 식탁 위 화병에 꽂혀 있다.

초록색 잎과 오렌지색 파장화[16], 그리고 작은 폭죽이 터지는 듯한 흰색 연화수[17]가 조화를 이루고 있다.

"좋네요."

"그죠? 주인님 오셨다고 알리사가 새벽부터 정원을 돌아다녔답니다. 마음에 드시니 다행이에요. 호호호!"

엘린이 웃음 지으며 주방으로 들어간다. 모든 게 만족스러워 그러는지 근심 걱정 하나 없는 아주 편한 얼굴이다.

'내가 저렇게 해줄 수 있으니 다행이야.'

본인으로 말미암아 여러 사람이 피곤해질 수도 있는 것이 현대사회이다. 하지만 이곳 저택 사람들은 모두가 편안하다.

경호해야 할 대상이 없는지라 무료한 나날이 계속되자 경호원들은 기량이 녹슬지 않도록 매일매일 훈련을 한다.

힘들고, 인내력을 요구하는 고된 훈련이다.

---

16) 파장화[Pyrostegia venusta] : 줄기가 무성하게 자라고 성장 속도가 매우 빠른 상록성 목본. 열대와 아열대 기후에서 생장함.

17) 연화수(蓮花鬚, Nelumbo nucifera) : 마편초과의 낙엽활엽 관목 또는 소교목. 청심(淸心), 익신(盆腎), 지혈(止血), 삽정(澁精)의 효능을 가진 약재.

하지만 스스로 원해서 하는 것인지라 기꺼이 그 힘든 과정을 감내해 내고 있다.

가장 힘든 건 정원사들이다. 매일매일 자라나는 초목들을 다듬느라 허리가 휠 지경이다.

그럼에도 콧노래를 부르며 일한다. 포근한 거주지를 제공받았고, 매일 영양가 많은 음식을 먹는다. 여기에 많은 급여까지 받으니 절로 노래가 나오는 것이다.

"Good morning, Mr. Kim!"

"네, 좋은 아침입니다. 앉으시죠."

게리 론슨은 지난밤 숙면을 취했는지 아주 좋은 얼굴이다.

"우리 집 음식이 입에 맞을지 모르겠습니다."

"아! 걱정 마십시오. 뭐든 잘 먹습니다."

잠시 후, 게리 론슨은 글자 그대로 폭풍 흡입을 시작한다.

엘린의 뛰어난 음식 솜씨가 발휘되어 스테이크가 거의 꿀맛이었던 때문이다.

현수는 야채 스프부터 떠먹었다. 생각보다 껄쭉했는데 이것을 먹으니 아르센 대륙에서 먹던 스튜가 떠올랐다.

하지만 고개를 흔들어 상념을 털어냈다. 조만간 가기는 가야겠지만 지금 당장은 아니기 때문이다.

"오늘 금광을 볼 수 있는 겁니까?"

"네! 하지만 금광까지만입니다. 제련소는 보여드릴 수 없습니다. 이해하시죠?"

"그럼요. 은근히 기대됩니다."

육즙이 살아 있는 스테이크를 씹으면서도 말은 잘한다.

"식사 후 헬기를 타고 이동할 겁니다."

"혹시 사진을 찍어도 됩니까? 상부에 보고하려면……."

게리 론슨의 말은 중간에 잘렸다. 현수 때문이다.

"찍어도 됩니다. 다만 외부로 유출되는 사진은 제가 지정하겠습니다. 동의하시죠?"

"…그러시죠."

아무나 와서 금덩이를 주워갈 수 있는 노천금광이라 생각했는지 고개를 끄덕인다.

보안의 중요성을 누구보다 잘 알기 때문이다.

이후의 식사는 별다른 대화가 없었다. 음식이 너무 맛있어서 둘 다 먹느라 여념이 없었던 때문이다.

"여기… 입니까?"

타타타타, 타타타타, 타타타타타!

타고 온 헬리콥터의 로터 돌아가는 소리 때문에 게리 론슨의 말은 제대로 들리지 않았다. 하여 큰 목소리로 물었다.

"뭐라고요?"

"여기가 금광 있는 곳이냐구요."

현수의 귀에 대고 게리 론슨이 고함지르듯 소리친다. 현수 역시 큰 소리로 대꾸해 주었다.

"…맞아요. 저 앞에 있어요. 가요."

어젯밤 만들어놓은 오솔길을 따라 안으로 들어가니 동굴 입구가 보인다. 하여 게리 론슨이 고개를 갸웃거린다.

"어라! 노천이라더니 아닌 건가요?"

"저건 우리가 뚫은 갱도가 아니라 천연 동굴이에요. 가요."

"아……!"

오솔길을 따라 들어가니 커다란 동굴 입구가 드러난다. 현수는 입구에 놓아두었던 랜턴을 켰다.

"현장에 아무도 없네요. 왜죠?"

"작업자가 없는 건 오늘이 쉬는 날이라 그래요."

"예에……? 금광에 쉬는 날도 있어요?"

금은 캐내는 족족 돈이 되는 물건이다. 따라서 조명을 켜고라도 24시간 내내 캐는 것이 일반적이다. 채광량이 많으면 많을수록 채산성이 좋아지기 때문이다.

"우리 금광은 일주일에 하루는 쉽니다."

"왜요? 그럼 생산량이 줄잖아요. 차라리 교대 근무를 시키지 그래요?"

자기 것도 아니면서 괜한 참견이다.

"그건 가보면 압니다. 제련하는 것보다 채광하는 게 더 빠르거든요."

"설마요……!"

게리 론슨은 커다란 금덩이가 마구 굴러다니는 장면이라도 상상한 듯 눈을 크게 뜬다.

저벅, 저벅, 저벅, 저벅……!

대략 30여 발자국 정도를 들어간 뒤 현수가 멈춰 서자 게리 론슨은 왜 그러느냐는 표정이다.

이때 현수가 랜턴을 비추며 입을 연다.

"여기부터 금맥이 시작되었어요."

랜턴에 비춰진 곳은 개울 바닥에 홈이 길게 나 있다.

이미 채굴하여 현재는 평범한 돌덩이만 남아 있는지라 볼 건 없다. 그럼에도 게리 론슨은 카메라를 꺼내 사진을 찍기 시작한다. 어두운 곳인지라 플래시가 펑펑 터진다.

현수는 설명을 이어줬다.

"여기에 있던 것은 다 캤어요. 깊이가 좀 되죠?"

곁에 있던 나무로 깊이를 확인시켜 주었다.

폭은 2.3m 정도이고, 깊이는 대략 50cm쯤 된다. 이것 1m 길이의 부피는 약 1㎥ 정도이다.

참고로 금의 비중은 약 19.3g/㎤이다. 따라서 1m만 파도 약 10톤의 황금이 얻어진다.

10m만 파도 거의 100톤의 황금이 되니 이거야말로 진짜 노다지(No Touch)라 할 수 있다.

"자, 이제 조금 더 갑시다."

100여 발자국을 더 가는 동안에도 개울 아래 흠은 누런색을 띄지 않는다. 성인 남자의 보폭은 약 70㎝이다.

100발자국이면 70m를 뜻한다. 그렇다면 적어도 700톤의 금을 얻었다는 뜻이다.

현수는 계속해서 걸었다. 여전히 흠만 파져 있다. 랜턴으로 안쪽을 비춰주는데 동굴이 얼마나 깊은지 알 수 없다.

아무튼 조금 더 가다 멈춰선 현수는 랜턴으로 다시 바닥을 보여준다.

"여기 있네요. 금맥! 이거 보이죠? 이게 저 안쪽까지 쭉 이어져 있어요."

말을 하며 랜턴으로 동굴 안쪽을 훑어서 보여준다.

얕은 개울 아래 있는 건 분명 누런 황금이다. 개울 바닥 거의 전체가 황금으로 이루어진 듯한 모습이다.

"세상에……! 와아……! 세상에 어떻게 이럴 수가……!"

게리 론슨은 연신 감탄사를 터뜨리며 입을 딱 벌린다.

깊이는 알 수 없지만 폭 3m짜리 금띠가 동굴 안쪽으로 이어져 있는 장관을 보고 있기 때문이다.

"아! 여기 샘플이라 할 수 있는 게 있군요."

현수는 곁의 수북한 돌무더기에서 누런빛이 완연한 주먹 크기의 짱돌을 집어 든다.

그리곤 랜턴으로 비춰주며 입을 연다.

"금광석은 1톤당 5g 정도 금이 있으면 캡니다. 그런데 우리 건 1톤당 약 500㎏ 정도 되죠. 아마 지구 역사상 최고의 금맥일 겁니다."

지난 1998년 영풍산업은 톤당 20.8g이나 함유한 노두[18] 4개를 발견했다고 발표했다. 지표 위에만 34만 4,420톤의 금광석이 있는데 여기서 7.2톤의 순금을 얻는다고 했다.

발표 직후 영풍산업의 주가는 수직 상승했다.

"아! 그래요?"

인공위성으로 노천금광을 찾으려는 노력을 기울일 때 게리 론슨은 금광에 대한 공부를 했다.

그렇기에 방금 현수가 한 말이 말도 안 된다는 걸 안다. 하지만 눈앞에 보이는 돌은 정말 절반 정도가 황금인 것 같다. 누런색이 너무도 확연한 때문이다.

"흐음! 이건 한 2㎏쯤 되는군요. 미스터 론슨! 이건 제 선물입니다. 받으세요."

"네에? 저, 정말 이걸 줄 겁니까?"

얼떨결에 받아든 게리 론슨이 떨리는 음성으로 묻는다.

---

18) 노두(露頭, Outcrop) : 암석이나 지층이 흙이나 식물 등으로 덮여 있지 않고 지표에 직접적으로 드러나 있는 곳을 말한다.

절반이 황금이라면 1kg짜리 금덩이를 준 셈이다. 오늘 시세로 따지면 5만 7,680달러의 가치가 있다.

무게를 가늠해 보니 현수의 말처럼 2kg 정도 되는 것 같다. 나중에 달아보니 실제 무게는 2.2kg이고, 제련 후 추출된 황금은 1.36kg이다.

현수의 말처럼 절반 이상이 금인 것이다.

참고로, 미국에서 가장 평균 급여가 높은 기술직 직업은 다음과 같다.

1위	엘리베이터 설치, 수리기사	74,140달러
2위	전기 · 전자장비 수리원	37,320달러
3위	운송기기 점검원	66,470달러
4위	전기 배선원	62,280달러
5위	석유펌프 조작원	60,730달러
6위	측량사	59,180달러
7위	지하철, 전동차 기관사	58,220달러
8위	석유, 가스 굴착 기술자	56,540달러

얼떨결에 현수가 준 금광석을 받아 든 게리 론슨은 멍한 표정이다. 남들이 1년간 죽어라 일하고 받는 연봉을 한 손에 들고 있기 때문이다.

"여기까지 온 첫 번째 외부인이니 선물로 드리는 겁니다. 마음에 들죠?"

"네? 아, 네에. 그, 그럼요!"

줬던 걸 다시 뺐을까 싶은 듯 얼른 가방 속에 넣는다.

"자아! 그럼 안으로 더 들어가 볼까요?"

"자, 잠깐만요! 사, 사진 좀 찍어도 되겠습니까?"

"얼마든지요. 다만 금맥만 찍으세요."

"그럼요!"

게리 론슨은 얼른 대꾸하곤 계속해서 사진을 찍는다.

속으론 이건 정말 말도 안 되는 현실이라는 생각을 한다.

이후로도 론슨은 거의 다섯 발자국에 한 번씩 사진을 찍는다. 그렇게 500여 걸음을 걸었다.

이 거리는 약 350m에 해당된다. 1m당 10톤 정도라면 본 것만 따져도 3,500톤이다.

그런데 금맥은 안쪽으로 더 이어져 있다.

"자아, 너무 많이 들어왔네요. 이 정도면 충분하죠?"

"그, 그럼요."

게리 론슨은 충분하고도 남는다는 듯 고개를 끄덕인다.

"나가는 동안 사진을 더 찍어도 됩니다. 단, 나가서는 찍지 마십시오."

"그, 그럼요. 감사합니다."

게리 론슨은 계속해서 셔터를 눌러 동굴 내부를 찍었다. 그러다가 아까는 보지 못한 곁가지 동굴을 발견하였다.

"저건……!"

"아! 저거요? 저쪽으로도 금맥이 이어져 있어요. 저쪽에서도 일부 금을 캤지요. 가볼래요?"

"네! 그래도 되겠습니까?"

게리 론슨은 순진한 견학자처럼 눈빛을 빛낸다. 이에 현수는 대수롭지 않다는 표정으로 대꾸했다.

"당연히 되죠. 이것과 저것 덕분에 제가 이실리프 자치령을 여기저기 얻는 건데요. 가서 봅시다."

현수를 따라 곁가지 동굴로 들어간 론슨은 입을 딱 벌렸다. 한동안 바닥에만 홈이 있었는데 조금 더 들어가자 양쪽 벽면까지 온통 누런 황금이다.

"여기서 캔 건 영국과 러시아, 그리고 한국에 팔았지요."

"아! 그렇습니까?"

"여기서 캔 걸로 1,000톤쯤 만들었지요. 아까 저쪽 동굴에서 캔 건 제련소에서 제련하는 중입니다. 작업이 다 되면 한 2,500톤 쯤 될 겁니다."

"아! 네에."

게리 론슨은 충분하고도 남을 거라는 생각을 하며 고개를 끄덕인다. CIA 비밀요원이자 특수요원 하나가 바보 되는 순간이다.

게리 론슨은 동굴 탐사를 마치고 나오면서 이것저것을 묻는다. 특히 동굴의 길이가 얼마나 되며 금맥이 어디까지 이어졌는지를 궁금해했다.

"글쎄요. 다 파봐야 알 거예요. 현재 금맥의 깊이가 조금씩 깊어지고 있어요. 아까 입구 쪽에선 50㎝였지요?"

"네? 아, 네에, 제가 보기에도 그랬습니다."

"지금은 조금 더 깊어져서 약 1m 깊이까지 금이 있더군요. 함량은 여전하구요."

"헐……!"

폭 3m에 깊이 1m, 길이 1m의 부피는 3㎥이다.

이 중 50%가 금이라면 약 29톤이 생산된다. 실로 어마어마한 금액이다.

헬기를 타고 다시 킨샤사로 오니 어둑어둑하다.

"저녁이나 들고 가시지요."

"초대에 감사드립니다. 기꺼이 받아들입니다."

헬기를 타고 오는 동안 게리 론슨은 현수의 추종자로 변모했다. 엄청난 양의 금이 쏟아져 나오는 금광의 주인답지 않게 소탈하고, 인간적이라는 느낌을 받은 때문이다.

게다가 큰 선물도 받았으니 기분이 좋은 것이다.

현수는 게리 론슨에게 절대 충성 마법을 걸지 않았다. 그래봤자 써먹을 일도 별로 없을 것이기 때문이다.

식사를 하며 상담을 진행시켰다. 이 과정에서 재무부와의 통화가 여러 차례 시도되었다. CIA 요원인 게리 론슨이 모든 일을 결정한 권한은 없기 때문이다.

보안 때문인지 이리듐 통신[19]을 이용하여 통화했다.

그 결과 미국 재무부에서 1차로 2,000톤을 매입하기로 했다. 금괴 인도 장소는 반둔두에 있는 이실리프 자치령의 모처이다. 장소는 현수가 정한다.

미국은 수송헬기 CH-47D 치누크(Chinook)를 동원하기로 했다. 구형이지만 이것을 쓰는 이유는 항속거리가 길고, 물 위에도 내릴 수 있기 때문이다.

참고로 치누크는 유효 적재 중량 10.8톤, 최대 이륙 중량 22.7톤이며, 항속거리 426km이다.

한 번에 10톤씩 실어도 200번이나 왕복하여야 하기에 20대의 치누크가 동시에 동원될 예정이다.

그래도 10번은 왕복해야 한다. 이것들에 대한 호위는 콩고민주공화국의 양해 하에 미 해군 전투기가 맡는다.

반둔두 지역으로부터 마타디항 외곽까지의 거리는 대략 560km 정도 된다. 한 번에 갈 수 없다는 뜻이다. 하여 중간에 임시 기착지를 두어 연료를 보충하도록 할 계획이다.

어쨌거나 중간 기착지에서 연료를 보급받은 헬기는 곧장 미 해군 함정으로 가서 화물을 내려놓는다.

극비리에 펼쳐지는 군사작전이기 때문이다.

---

19) 이리듐 통신 : 1991년 미국 모토로라가 주축이 되어 계획한 초대형 저궤도 위성 통신 시스템. 66개의 인공위성을 이용하며, 전 세계 어디든 통화가 가능하다.

미국과의 거래는 비밀 엄수가 전제 조건으로 내걸렸다. 그리고 거래 대금은 여러 곳으로 분산하여 송금하기로 했다.

현수로선 마다할 일이 아니므로 흔쾌히 동의해 주었다.

1차 거래 대금 1,153억 6,000만 달러 중 1,000억 달러는 이실리프 트레이딩 계좌로 보내진다.

참고로, 2013년 11월 기준 뉴욕증권시장(NYSE)의 시가총액은 17조 3,973억 달러이다.

나스닥(NASDAQ)은 6조 113억 달러이다.

1,000억 달러는 NYSE의 174분의 1 정도 된다.

나스닥은 60분의 1이나 되니 이 정도면 미국 증시를 한바탕 크게 휘젓고도 남는다.

IMF 때 외국인들이 국내 우량 기업들을 무차별적으로 사냥한 것을 합법적으로 되갚아줄 기회가 온 것이다.

나머지 153억 6,000만 달러는 이실리프 뱅크 반둔두 지점으로 송금된다. 이것은 전액 이실리프 자치구 개발 사업에 투입될 것이다.

이 중 상당액이 콩고민주공화국 국민들의 급여와 소비재 매입 대금으로 지불된다. 콩고민주공화국 정부 입장에서 보면 빠져나가는 것 없이 대량의 외화가 유입되는 효과가 있으니 이번 작전에 흔쾌히 동의할 것이다.

첫 거래 후 2개월 경과 시점에 인도될 물량 역시 2,000톤이다. 국제 금 시세가 나날이 오르고 있지만 통 크게 현재 가격으로 계약을 해주었다. 대신 이것의 대금 1,153억 6,000만 달러 중 20%인 230억 7,200만 달러는 선금으로 받는다.

이것은 전액 이실리프 뱅크 몽골 지점으로 송금되어 개발 사업에 충당될 예정이다.

두 건의 거래로 미국이 지불해야 하는 금액은 1,384억 3,200만 달러이다. 이 중 약 72%에 해당되는 1,000억 달러가 미국을 빠져나가지 않는다는 것에 매우 흡족해했다.

이 거래의 대금 지불자는 미국 정부가 아니라 연방준비은행 FRB이다. 본인들이 보관하던 것을 분실한 때문이다.

게리 론슨이 양해를 구하고 옆방으로 가서 재무부에 보고할 때 현수는 엿듣기 마법으로 내용을 모두 들었다.

게리 론슨은 동굴 속의 금괴의 양을 추산할 수 없다고 보고했다. 금맥의 끝까지 본 것이 아니기 때문이다.

그러면서 말하길 최하 10,000톤은 너끈히 생산해 낼 수 있는 것으로 이야기했다. 상대가 그에 대한 증빙을 요구하자 본인이 촬영한 사진을 보고서에 첨부하겠다고 했다.

아울러 현수가 선물로 준 금덩이도 보여줄 예정이다.

사진과 금광석의 순도를 대조해 보면 양을 추정할 수 있기 때문이다.

다만 현수가 준 금덩이는 정부에 제출할 의사가 없음을 분명히 했다. 직무와 관련하여 받은 게 아니라고 우긴 것이다. 이런 거 보면 대찬 놈인 듯싶다.

통화 내용을 모두 들은 현수는 회심의 미소를 지었다.

유태 자본에 커다란 홈집을 내줄 또 한 번의 기회를 잡은 것이다.

미국으로 가는 금괴엔 이전과 마찬가지로 귀환마법진이 그려질 것이다. 복귀 시점은 육 개월 후이다. 그때쯤이면 세 번째 거래가 끝났을 때이다.

FRB는 현재 은밀히 금괴들을 매입하고 있다. 3차례에 걸쳐 현수로부터 매입할 양은 대략 7,000톤으로 잡고 있다.

나머지 1,000톤은 FRB의 실제 주인인 유태인들이 보관하고 있던 것으로 채워 넣을 것이다.

따라서 6개월 후 귀환마법이 구현되면 FRB가 애써서 채워 놓은 금괴 8,000톤이 또 한 번 사라지게 될 것이다.

의심 많은 놈들이므로 현수로부터 구입한 금괴에 대한 조사가 분명히 진행될 것이다. 하지만 눈에 보이지도 않고, 무게조차 느낄 수 없는 마법진을 어찌 감식해 내겠는가!

어쨌거나 금괴 8,000톤이 사라지면 FRB는 물론이고, 미국의 모든 정보기관까지 나서서 조사를 할 것이다.

그래 봐야 증거를 찾을 수 없을 것이다.

누가 와서 금괴를 가져간 것이 아니라 스스로 시공을 초월

하여 현수의 아공간으로 이동한 것이다.

미치고 환장하겠지만 어떻게 하겠는가!

분통 터지겠지만 FRB는 다시 한 번 금괴 매입에 열을 올려야 한다. 두 번이나 분실하였으므로 전보다 훨씬 더 조심스럽게 접근할 것이다.

그리고 새로운 보관 장소를 물색할 것이다.

그때가 되면 또 적당량을 팔아치운다. 이것엔 마법진을 그려 넣지 않을 생각이다. 200톤만 팔 것이기 때문이다.

미국은 금괴에 고정된 CCTV를 준비하겠지만 마법진이 그려지지 않은 그것은 꼼짝도 않고 제자리를 지킬 것이다.

어쨌거나 저녁 식사를 마친 후 게리 론슨은 기분 좋은 얼굴로 저택을 떠났다. 곧바로 귀국해야 하기 때문이다.

다음 날 아침, 현수는 맛있는 식사를 마치고 온다던 손님을 영접했다.

지나 통상부 국장 왕리한이라는 사람이다.

창문 너머로 보니 두 대의 벤츠에서 여섯 명이 내린다. 국장과 비서, 그리고 경호원들인 듯싶다.

행동을 보니 누가 왕리한인지는 금방 알아볼 수 있었다. 금테 안경을 쓴 40대 중반의 사내이다.

현수는 현관까지 나가 맞아들였다.

"아! 어서 오십시오. 김현수입니다."

"반갑습니다. 왕리한이라 합니다."

"오는 길이 불편하지 않으셨는지요?"

"괜찮았습니다. 특히 저택 진입로가 인상적이더군요."

킨샤사 저택으로 들어오는 진입로는 누가 봐도 아름답다 할 정도로 잘 가꿔진 상태이다.

"아! 그거요? 좋게 봐주셨군요. 아무튼 오시느라 애쓰셨습니다. 안으로 드시지요."

"네! 감사합니다."

왕리한 국장은 차에서 내린 지 얼마 되지도 않았는데 덥다는 듯 손수건으로 이마의 땀을 닦아낸다.

잠시 후, 둘은 접객실에 앉아 차를 마셨다.

알리사가 차를 내오기까지 왕리한은 여기저기 둘러보느라 여념이 없었다. 그러면서 계속해서 감탄사를 터뜨린다. 예술적이라 해도 좋을 정도로 멋진 저택이었던 때문이다.

"정말 좋은 집입니다."

"칭찬 고맙습니다. 그나저나 저를 만나자고 하신 이유는······?"

본론으로 들어가자 정색하며 시선을 마주친다.

"이실리프 자치령에 노천금광이 있다는 소문을 들었습니다. 우리 정부에서 금 보유량을 늘리려 해서 왔습니다."

금을 사러 왔다는 뜻이다.

"아! 그렇습니까? 얼마나 필요하신지요?"

"가급적 많이 필요합니다. 얼마나 캐내셨는지 모르지만 저희가 다 사겠습니다."

"…전부요?"

"네! 전부 매입하겠습니다."

왕리한은 자신 있는 표정으로 고개를 끄덕인다.

가에탄 카구지가 이실리프 자치령에 노천금광이 있다는 발언을 한 지 얼마 되지 않는다.

따라서 얼마나 있겠느냐는 생각인 듯싶다.

"그래요? 제련된 것만 약 1,000톤 정도 있는데 그걸 다 사신다는 말씀이십니까?"

"네에……? 처, 천 톤이요? 그렇게나 많이……? 세상에……!"

왕리한의 눈은 대번에 커져 버린다. 상상을 초월한 때문이다. 그러다가 금방 말을 잇는다.

"저, 정말 그렇게나 많이… 있습니까?"

"있습니다. 다만 비밀이 지켜져야 합니다."

"아……! 물론입니다. 오히려 저희 쪽에서 바라는 바이기도 합니다."

비교적 쉽게 속내를 드러내는 걸 보면 왕리한은 닳고 닳은 인물 같지는 않다.

지나는 막대한 양의 외화가 사라지고, 공상은행에서 보관 중이던 금괴까지 사라지자 전방위 수사를 실시하는 중이다.

사용된 폭약의 출처와 사건 당일 인근에 있던 모든 사람이 조사 대상이다. 물론 은밀히 수사하는 중이다.

그러는 한편 통상부 관리들을 파견하여 금괴 매입을 시작하였다. 외화가 거의 모두 사라졌기에 달러화나 유로화로의 매입은 불가능하다.

대신 위안화를 남발하는 중이다. 이걸로 금을 사서 외화가 필요할 때 시장에 내다 팔아 결제를 하려는 것이다.

당연히 극비 사항이다.

왕리한은 금괴 매입 임무를 부여받은 많은 관리 중 하나이다. 명함엔 국장이라 새겨져 있지만 실제론 국장보이다.

대외적인 업무보다는 서류 작업을 주로 했기에 밀고 당기기 같은 고도의 심리전에는 어울리지 않는 인물이다.

어쨌거나 금괴가 필요하다고 한다.

현수는 게리 론슨이 당한 것처럼 왕리한 또한 혼을 쏙 빼놓았다. 물론 헬기를 타고 다시 한 번 동굴까지 오가는 수고도 마다하지 않았다. 그러는 동안 왕리한과 그의 비서는 수백 장의 사진을 찍었다.

어쨌거나 금괴 1,000톤의 가격은 576억 8,000만 달러이다.

한화로 환전하면 69조 2,160억 원이다.

이런 큰 거래를 왜 안 하겠는가!

미국만 눈치채지 않으면 된다. 그런데 이 정도는 얼마든지 가능하다. 마법이라는 아주 유용한 수단이 있지 않은가!

그런데 전액 위안화로 결제를 한다고 한다. 최근 들어 위안화의 가치는 떨어져 있는 상태이다.

그렇기에 국제 금 시세에 0.5%를 올려서 받기로 했다. 그래도 한화로 3,460억 원이나 되는 거금을 더 받는 셈이다.

아무튼 거래 대금 69조 5,620억 원에 해당되는 위안화는 여러 경로를 거쳐 이실리프 뱅크 에티오피아 지점으로 가게 될 것이다.

거기도 개발 자금이 필요하기 때문이다.

금괴 인도 시점은 미국의 공수 작전이 끝나고 10일 후부터이다. 인도 장소는 콩고민주공화국 남쪽에 있는 앙골라 담바(Damba) 지역이다. 반둔두로부터 비교적 가까운 곳이다.

이곳까지 운반 책임은 현수가 진다. 텔레포트 마법과 아공간만으로도 미국의 눈으로부터 자유로울 수 있다.

지나가 이곳을 택한 이유는 울창한 수림 덕분에 미국 등 서방 선진국들의 눈을 피할 수 있기 때문이다.

이곳을 택한 또 다른 이유는 이곳에서 진행되고 있는 도로 건설 사업이 있기 때문이다. 따라서 지나인들이 돌아다녀도 아무런 의심을 받지 않는다.

아무튼 담바에서 금괴를 인도하면 콴고강을 이용하여 바다에 접한 은제토(N' zeto)까지 운반한다. 거기엔 때 맞춰 당도한 지나의 화물선이 대기하고 있을 것이다.

참고로, 지나는 앙골라가 1975년에 포르투갈로부터 독립한 이후 국가 재건에 든든한 동반자였다.

110억 달러에 이르는 차관을 무상으로 제공하기도 했다. 그 결과 앙골라는 지나의 최대 원유 공급처가 됐다.

이런 정부 간 우호적인 관계를 바탕으로 지나는 도로, 철도, 100만 호 주택 사업 등을 거의 싹쓸이했다.

그 결과 건설 노동자 등 앙골라에 거주하는 지나인은 대략 50만 명이다. 불법체류자까지 포함된 숫자이다.

그런데 앙골라 사람들은 동양인을 보면 '시네시(Chinesi)'라고 외친다. 포르투갈어로 '지나인' 인 이 말에는 우리말의 '되놈' 처럼 멸시와 조롱의 뜻이 담겨 있다.

지나인들에 의한 원주민 홀대와 무시가 빚어낸 결과이다.

지난 2009년엔 지나의 건설사가 지은 국립병원 건물이 지은 지 2년 만에 외벽에 금이 가고 건물 전체가 기울어 환자들이 대피하는 소동이 빚어졌다.

각종 공사에 현지인 대신 운남성 등에서 저급한 노동자를 데려와 급조한 결과이다.

이에 앙골라 정부는 지나와의 거리를 두는 중이다. 지나가 이득만을 추구하는 욕심 많은 존재라는 걸 알아차린 것이다.

현재는 일본, 스페인, 러시아, 브라질 등 4개국과는 협력관계를 유지하고 있다. 지나 의존도를 낮추려는 것이다.

어쨌거나 아직까지 앙골라에선 지나인들을 심심치 않게 볼 수 있다. 아직 끝나지 않은 공사가 다수 있기 때문이다.

이들을 동원하여 금괴 운반 작업이 진행될 예정이다. 그것들 역시 귀환마법진이 그려진 것이다. 어딘가에 보관되겠지만 인도일로부터 6개월이 되면 현수의 아공간으로 옮겨온다.

지나가 그것을 녹이지 않는 한 마법진을 중심으로 반경 3m 내에 있는 이동 가능한 물체까지 딸려온다. 팔기는 1,000톤을 팔았지만 더 많이 올 수도 있다는 뜻이다.

아무튼 왕리한은 아주 흡족한 표정이 되어 물러났다. 그의 가방에도 2㎏ 정도 되는 금광석이 있기 때문이다.

CHAPTER 13
걸려드는 지나와 일본

다음 날 일본 대사관의 가와시마 야메히토가 방문했다. 방문 목적은 예상대로 금괴 매입이다.

게리 론슨이나 왕리한처럼 헬기를 타고 동굴까지 갔다 왔고, 상당히 많은 사진이 촬영되었다. 확실히 지나 놈보다는 꼼꼼하다는 생각이 들 정도였다.

일본에서 1차로 매입하게 될 금은 1,500톤이다. 100톤당 57억 6,800만 달러이니 865억 2,000만 달러이다.

일본 역시 외환 보유고가 없으므로 전액 엔화 결제를 하겠다고 하여 0.5%를 추가시켰다.

추가적 엔저 현상이 염려된 때문이다.

처음엔 완강히 버티던 가와시마 야메히토는 현수의 논리적인 추론에 고개를 끄덕이며 동의하지 않을 수 없었다.

일본의 외환 보유고가 형편없음을 잘 아는 몇 사람 중 하나이기 때문이다. 대사관에 근무하는 참사관이라고 했지만 실상은 일본 중앙은행(BOJ) 외환 담당 팀장인 것이다.

가에탄 카구지의 노천금광 발언이 사실이라는 것을 확인하고 왔기에 전권을 가지고 있었다.

하여 최종 매각 대금에 4억 3,260만 달러가 추가되는 것을 즉시 승인할 수 있었던 것이다. 그 결과 거래 대금은 869억 526만 달러로 늘었다. 한화로 약 10조 4,343억 원이다.

2차 매입은 2개월 후로 그때에도 1,500톤을 매입하기로 했다. 물론 두 번에 걸친 거래 모두 비밀이다.

금괴는 FCL[20]화물이 되어 마타디항 컨테이너 야드[21]에서 일본 화물선에 실리게 될 것이다. 보안을 위해 콩고민주공화국의 농산물로 위장되어 실리게 된다.

이 금괴들 역시 귀환 마법진이 그려진다. 6개월 후 3m 이내의 이동 가능한 것까지 함께 돌아올 것이다.

---

20) FCL(Full Container Load) : 컨테이너 하나에 한 회사의 화물이 적재되는 것.
21) 컨테이너 야드(Container Yard) : CY로 약칭한다. 선사가 컨테이너를 집적, 보관, 장치하고, 적입컨테이너를 수도하는 항만 근처 지역에 있는 야적장을 말한다. 통상, 적재, 양하하기 위하여 컨테이너를 정렬시켜 두는 Marshalling Yard를 포함하고 있다. FCL화물은 Container Yard에서 인수한다.

매각 대금은 이실리프 자치구 아와사 지점으로 보내기로 했다. 조만간 조성될 우간다와 케냐 자치령을 개발하는 데 쓰여질 것이다.

이로써 미국, 지나, 일본을 낚았다. 가만히 있음에도 자치령 개발에 드는 자금이 저절로 들어온 셈이다.

가와시마 야메히토가 돌아간 후 현수는 느긋한 마음이 되어 홀로 축배를 들었다.

그리고 깊은 밤이 되었을 때, 현수는 서재 책상 앞에 앉아 뭔가에 골몰해 있다.

눈에 보이는 곳으로 즉시 이동하는 마법을 완성시키기 위해 연구 중인 것이다. 그러던 어느 순간 현수의 어깨로 아리아니가 날아와 앉는다.

"주인님, 주인님!"

뭔가 용무가 있지 않으면 절대 귀찮게 하지 않는 존재가 아리아니이다. 하여 얼른 대꾸해 주었다.

"그래, 아리아니! 무슨 일 있어?"

"무슨 일이 있는 건 아니구요. 노에스가 보고드린대요."

"노에스가……? 시킨 일도 없는데? 아무튼 오라고 해."

"네! 노에스 이제 나와도 돼."

말 떨어지기 무섭게 연한 갈색의 노에스가 모습을 드러낸다.

"노에스가 마스터를 뵈옵니다."

"그래, 내게 보고할 게 뭐지?"

"아리아니님의 명을 받아 노천금광을 만들었던 인근 지역을 수색한 결과를 보고드리려 합니다."

"그래? 그런 걸 했어? 근데 뭐 좋은 거 있어?"

콩고민주공화국은 코발트와 산업용 다이아몬드 매장량 및 생산량이 세계 1위이다. 코발트는 전 세계 생산량의 36% 이상을 차지하고, 다이아몬드는 25.9%나 된다.

구리 매장량은 약 500만 톤으로 세계 13위이다.

이밖에 철, 주석, 아연, 망간, 금, 니오븀, 리튬 등 많은 지하자원이 매장되어 있는 자원 부국이다.

그런데 반둔두와 비날리아 지역엔 이런 게 없는 것으로 알려져 있다. 그렇기에 쉽게 조차가 결정된 것이다.

하여 현수는 별 기대 없는 표정이다.

"마스터! 그 동굴로부터 남동쪽으로 약 3㎞ 지점 지하 12㎞에 다이아몬드가 많이 형성되어 있습니다. 동북쪽 2.5㎞ 지점 지하 18㎞엔 금이 매장되어 있고, 동쪽 6.3㎞ 지점 지하엔 원유가 있습니다. 이 밖에……."

노에스의 말은 중간에 잘렸다.

"잠깐! 다이아몬드, 그리고 금과 원유가 있다고? 방금 말한 곳들 위치 좀 표시해봐."

커튼을 제치자 콩고민주공화국 전도가 드러난다.

"여기에 다이아몬드가 있어요. 여긴 금이 있구요. 여기가 원유가 상당히 많이 매장되어 있는 곳이에요. 그리고 여긴 은이 있구요. 구리는 여기, 주석은 여기에 있어요."

노에스는 계속해서 지도의 몇몇 곳을 짚는다. 그때마다 D, G, O, S, T, C라는 글씨를 써두었다.

D는 Diamond, G는 Gold, O는 Oil, S는 Silver, T는 Tin, C는 Copper의 이니셜이다.

"다이아몬드와 금은 얼마나 있는데?"

"다이아몬드는 여기 저기 흩어져 있는데 커다란 트럭으로 두 대 분량은 될 거예요."

어마어마하게 많다는 뜻이다.

"그럼 금은……?"

"우리가 동굴에서 작업한 거 정도 되요."

"정말? 그렇게나 많아?"

미국과 지나, 일본을 낚느라 사용한 금의 총량은 대략 8,000톤 정도 된다.

대부분이 불순물 많은 히데요시의 금화와 금괴였다.

금 매장량 1위가 호주이고 7,300톤이라 한다. 8,000톤이면 단숨에 세계 1위라는 뜻이다.

"네! 그 정도 되요."

현수가 가장 관심 깊은 건 원유이다. 자치령이 유지됨에 있어 꼭 필요한 물질이기 때문이다.

전기를 생산해 내기 위한 연료로 필요한 것이 아니다. 전기는 태양광 발전만으로도 충분하다.

원유를 정제하면 LPG, 휘발유, 나프타, 등유, 경유, 중유, 윤활유, 아스팔트피치, 석유, 코크스 등이 나온다.

이것들을 이용하여 플라스틱, 비닐, 등을 만들어낸다.

뿐만 아니라 자동차, 건설, 전자, 섬유, 각종 생활 용품을 비롯해서 비료, 농약, 페인트, 화장품, 세제 등이 원유로부터 비롯된 것이다.

"그럼 원유는 어느 정도 있어? 그런 것도 알 수 있지?"

"네, UAE라는 나라보다 조금 더 많아요."

"뭐어? 아랍에미리트보다 많은 매장량이 있다고?"

현수는 확실히 놀랐다는 표정을 지었다.

978억 배럴이 매장된 것으로 추정되는 아랍에미리트는 매장량 서열 7위에 해당한다.

6위인 쿠웨이트가 1,040억 배럴이다.

이들 사이라고 하면 1,000억 배럴 쯤 된다는 뜻이다.

참고로, 2014년 현재 대한민국은 하루에 약 200만 배럴을 사용한다. 이걸 기준으로 따지면 약 137년간 사용할 수 있는 엄청난 양이다.

그런데 콩고민주공화국 이실리프 자치령은 대한민국보다

넓이는 넓을지 모르나 인구는 훨씬 적을 것이다.

따라서 2개로 나뉜 자치령이 200년간 자급자족하는 것은 물론이고 콩고민주공화국까지 공급해 줄 수 있다.

물론 당장 개발해선 안 된다. 너무도 막대한 양인지라 조약 자체를 무효화하자고 할 수 있기 때문이다.

어차피 지금은 도로와 농지 조성이 우선이다.

이것들이 어느 정도 궤도에 올랐을 때 유전을 발견했다 하고 적당히 나눠서 써야 한다.

매장량 역시 비밀이 되어야 한다. 노에스에게 지시하면 어려운 일은 아닐 것이다.

반둔두에서 비날리아까지 송유관을 건설하는 건 어리석은 짓이다. 그러기엔 너무 멀기 때문이다.

비날리아 인근 반군 점령 지역에도 유전은 있다.

현재 이실리프 자치령은 반군과의 사이가 나쁘지 않다. 오히려 매우 우호적이다.

따라서 이곳의 원유를 킨샤사까지 공급해 주는 대신 비날리아는 동북부 유전의 원유를 공급받는 것으로 해야 한다.

정부 입장에선 어차피 자신들의 입김이 미치지 않는 곳의 원유를 쓰는 것이니 싫다 하지 않을 것이다.

반군에겐 안정된 직업이라는 당근을 제시하면 된다.

이실리프 자치령이 그쪽 유전을 개발하게 되면 거주지도

제공하고 살기 편한 여건이 주어질 것이다.

게다가 이실리프 자치령 안에 머물면 정부군의 공격을 받지 않는다. 따라서 그들에게 있어 이실리프 자치령은 최후의 순간에도 몸을 피할 곳이 된다.

반군 지도자들은 이런 생각을 하고 이실리프 자치령으로의 원유 공급을 허가할 것이다. 그리고 많은 수의 반군과 그 가족들이 들어와 살게 된다.

그런데 이실리프 자치령은 살기가 너무 좋다.

하여 시간이 흐르면 정부와 굳이 반목하지 않아도 잘 살 수 있음을 알게 되므로 무력 충돌은 차츰 줄어들 것이다.

등 따습고 배부르면 화낼 일이 별로 없는 것이다.

아무튼 구상대로 된다면 누이 좋고 매부 좋고, 구경꾼까지 좋은 일이 된다.

"근데 마스터! 다이아몬드와 금은 어떻게 할까요? 가서 캐와요?"

"아니! 그냥 둬. 그런데 내가 전에 해저 망간단괴들 이전시키라고 했는데 그건 어떻게 됐어?"

"아! 그거요? 그건 거의 다 했어요. 이제 며칠만 더 움직이면 지시했던 해역으로 모두 이동 완료 됩니다."

"그래? 수고했네. 고마워."

"아, 아닙니다. 제가 어찌 마스터께 감히……. 지시하셨으니 의당했어야 할 일입니다. 칭찬해 주셔서 고맙습니다."

노에스는 현수의 칭찬을 받는 것이 너무도 황송하다는 표정이다. 주인이 아랫것에게 일을 시켰는데 그 일 다 했다고 고개 숙여 예를 갖추는 느낌을 받은 모양이다.

"그 일이 다 끝나면 다이아몬드 원석과 금광석의 위치 이동을 시키라고 하면 어려운 일이야?"

"아, 아닙니다. 당연히 아니지요. 제가 누굽니까? 땅의 최상급 정령입니다. 원하시는 위치까지 언제든 이동시킬 수 있으니 지시만 내려주십시오."

"알았어! 그건 아리아니를 통해 나중에 지시하지. 오늘은 이만 가서 쉬어. 애썼어."

"네! 마스터! 감사합니다."

노에스는 공손히 허리를 숙인 후 곧바로 사라졌다.

이제 다시 마리아나 해구 아래로 내려가 해저 망간단괴를 대한민국이 관장하는 북동태평양 클라리온—클리퍼톤 해역으로 옮기려는 것이다.

일본과 지나는 배정받은 해역에 망간단괴가 하나도 없음을 알고 화를 내겠지만 훗날의 일이다.

"아라아니! 내가 혹시 잊더라도 나중에 나 대신 노에스에게 지시해."

"뭘요?"

"다이아몬드와 금 말이야."

"네, 어디로 위치 이동시킬까요?"

"아공간에 담아 한국으로 가져갈까 싶어. 우리 후손들에게 물려줄 게 조금은 있어야 하지 않겠어?"

남한은 북한과 달리 지하자원 빈국이다. 하여 개미처럼 일하지 않으면 성공할 수 없는 나라가 되었다.

게다가 너무도 치열한 경쟁 사회이다. 조금만 방심하면 금방 비주류로 전락하고, 다시 올라서기 힘든 세상이다.

반면 말레이시아 북쪽에 위치한 경기도 반쯤 되는 나라 부루나이 왕국은 자원 부국이다.

국왕이 인구 40만을 다 먹여 살리고 있다.

휘발유 값은 1리터에 겨우 440원!

1인 1차인지라 가구당 평균 4대의 자동차를 보유하고 있다. 하여 대중교통이 거의 없다.

국민의 10% 정도는 수상가옥(水上家屋)에서 사는데 이게 낡았다며 나라에서 새집을 지어주었다.

전 국민의 3분의 1은 국가 공무원이고, 또 다른 3분의 1은 준공무원인 국영기업체 직원이다.

초등학교부터 대학교까지 무상교육이다. 장학 기준만 통과하면 다른 나라에서 유학하는 모든 비용을 대준다.

학교 다니는 동안엔 매달 용돈 30만 원, 책값 42만 원, 유류

비 5만 원을 지원해 준다. 뿐만이 아니라 공부를 열심히 하면 시력이 나빠진다고 안경값 13만 원을 추가로 준다.

등록금은 한 푼도 안 내고 매달 90만 원씩 받으며 학교를 다니는 셈이다.

의료비도 매우 저렴하다. 병원에서 어떤 치료를 받더라도 치료비는 단돈 1부루나이이다. 나머지는 왕실에서 전액 지원한다. 참고로 1부루나이는 한화로 약 900원이다.

게다가 매년 설날엔 국왕이 국민 1인당 90만 원의 세뱃돈을 준다. 약 6만 명이 이 혜택을 입는다.

세상에 이런 나라가 어디에 있는가!

여기에 비교하면 대한민국의 국민들은 불행하다.

그런데 이 모든 게 가능한 이유는 부루나이가 자원 부국이라는 것이다.

"어디로 가져가실 건데요?"

"양평 집 아래 적당한 곳에 묻어두지."

"네, 알겠습니다. 노에스와 상의해서 적당한 깊이에 묻어두라 할게요. 그것 말고 다른 지시 사항은 없으세요?"

"일본과 지나에도 금이나 다이아몬드 같은 게 있을 수 있잖아. 그치?"

"그럼요. 당연히 있겠지요."

"거기 있는 것들도 적당한 곳에 매장시키라고 해."

"네, 그럴게요. 또 없으세요?"

현수는 몇 가지를 더 지시했고, 아리아니는 그때마다 고개를 끄덕여 확실히 접수했음을 확인했다.

먼 미래의 어느 날, 현수는 아리아니로부터 말도 안 되는 보고를 받고 깜짝 놀란다.

양평 저택 부지 지하에 황금 15,000톤이 매장되어 있으며, 다이아몬드는 약 10톤 정도 있다는 것이 그것이다.

다이아몬드는 원석인 상태이지만, 금은 거의 순도 100%짜리이다. 파기만 하면 그야말로 떼돈을 버는 것이다.

현수는 아리아니에게 아공간 관리 권한을 부여한 바 있다.

하여 현수가 일본 또는 지나에 갔을 때 그곳에 준비해 둔 모든 것을 싹쓸이해서 위치를 이동시킨 결과이다.

아리아니는 대화가 끝나자 아공간 속으로 들어갔다. 관리인 본연의 역할을 해야 하기 때문이다.

"흐음! 지구에 온 지 꽤 됐지? 이쯤해서 아르센에 다녀오자. 근데 어디로 가야 하지?"

아르센에서 마지막으로 머물렀던 곳은 본시 몬스터 해비탯으로 불렸던 곳이다.

약 30,000마리나 되는 웨어울프의 습격을 받아 4일간 사투를 벌여 수많은 사상자가 발생되었다.

현수가 10분만 늦게 당도했으면 완전히 끝장이 날 뻔했던 곳이다.

기사와 병사들은 물론이고 자작이었던 영주와 그의 아들이 모두 사망하여 지휘 체계가 완전히 무너졌었다.

라수스 협곡 안까지 들어가 확인해 보니 웨어울프 말고도 많은 몬스터가 서식하는데 먹이가 변변치 않은 곳이다.

그냥 놔두면 모두 몬스터의 먹이로 전락할 곳이다.

살아남은 사람은 남자 3,000여 명에 여자 25,000여 명이다. 남자 가운데 3분의 2 정도가 어린아이와 노인이다.

하여 이들을 이실리프 왕국으로 이주하고자 했다.

대규모 텔레포트 마법진을 그려놓았으니 도착하는 즉시 마법을 계속해서 구현시켜야 하는 상황이다.

이들을 맞이하기 위해 코리아도의 총책임자 하리먼은 동분서주하고 있을 것이다.

현수는 마법사의 전유물인 로브로 갈아입었다. C급 용병 차림보다는 그게 더 편해서이다.

머리끝에서 발끝까지 자신의 상태를 살폈다.

형광색 르까프 운동화를 신고 갈 수는 없기 때문이다.

참고로, 르까프는 프로스펙스와 휠라, EXR 등과 더불어 국산 스포츠 브랜드이다.

"좋아! 트랜스퍼 디멘션!"

샤르르르르룽—!

현수의 신형이 안개처럼 흩어진다. 이곳은 킨샤사 저택이
며 현수가 부르기 전엔 아무도 올라오지 않는 곳이다.

*   *   *

"아! 드디어 오셨군요. 마법사님!"

현수의 신형이 드러나자 웅크리고 있던 세실리아가 반색
하며 일어선다. 시선을 들어 보니 상당히 많은 사람이 겁먹은
표정으로 웅성거리고 있었다.

"내가 조금 늦었소?"

"네, 여기서 이틀을 기다렸어요."

"아……! 내가 날짜 계산을 잘못했나 보군. 그사이에 몬스
터들의 내습은 없었소?"

"네, 다행히도 없었어요."

현수는 세실리아와 몇 마디 말을 주고받았다.

극히 일부를 제외한 나머지 모두가 이실리프 군도로 이주
하기로 했다. 지긋지긋한 몬스터를 더 이상 보고 싶지 않은
것이다.

가지 않겠다고 한 인원을 불과 20여 명이다. 원래 다른 지
역에서 살다가 최근에 이쪽으로 왔던 이들이라 한다.

"좋소! 이제부터 순번을 정하시오. 늦으나 빠르나 크게 달

라질 것은 없으니 다투지 말라 하시오."

"알겠습니다, 마법사님! 그런데 한 번에 몇 명씩 갈 수 있는
건가요?"

"마법진 안에 쇠로 만든 상자를 꺼내놓을 것이오. 하나당
300명 정도가 적당할 것이오."

"상자는 몇 개를 꺼내놓으실 건데요?"

"…6개요."

"알았습니다. 잠시만 시간을 주세요."

"그러구려."

세실리아가 사람들에게 간 사이에 현수는 아공간의 컨테
이너 셋을 꺼내 정렬시켰다.

세 개는 공간 확장 마법만 걸린 것이다. 나머지 셋은 지옥
도와 연옥도에 나쁜 놈들을 데려다 놓을 때 쓰던 것이다.

인원이 너무 많아 아공간까지 쓰려는 것이다.

6개의 컨테이너로 한 번에 이주시킬 인원은 1,800명이다.
총원이 28,000명이니 16번은 왕복해야 한다.

매스 텔레포트는 제법 많은 마나가 소모되는 마법이다.

하여 혹시라도 마나가 부족할까 싶어 켈레모라니의 비늘
을 점검했다.

이곳에 도착 즉시 마나 충진을 시작했는데 현재 약 30%가
소모된 상태이다. 이 정도면 충분하다 싶어 고개를 끄덕였다.

그러던 중 아이들에게 시선이 미쳤다. 열심히 엄마 젖을 빨고 있다.

"아! 식량."

어쩌면 지난 이틀을 쫄쫄 굶었을 수도 있다.

하여 아공간의 먹을 것들을 꺼내려 했다. 그런데 28,000명을 똑같이 먹일 수 있는 건 라면 하나뿐이다.

"세실리아!"

"네, 마법사님."

사람들과 대화를 나누던 세실리아는 현수가 부르자 즉시 고개를 돌려 시선을 준다.

"잠깐, 이쪽으로……."

"네에."

쪼르르 달려온 세실리아는 왜 불렀느냐는 표정이다.

"모두들 배가 고픈 것 같소."

"네! 어제부터 굶었거든요."

세실리아는 고개를 끄덕인다. 그런데 아무렇지도 않은 표정이다. 사실 아르센 대륙에선 끼니를 모두 먹는 게 어려운 일이다. 그래서 거의 대부분 굶는 데 이력이 나 있다.

"전에도 많이 굶었소?"

"저는 아니지만 영지민은 많이 그랬지요."

"흐음! 이 상태로는 갈 수 없소. 그리고 보통이들을 들고 저 상자 속에 들어가면 안 되오."

"왜… 그런 거죠?"

"가는 건 언제든지 갈 수 있으니 일단은 배부터 채웁시다. 이건 말이오. 이렇게……."

현수는 라면 끓이는 법을 알려주었다.

그리곤 약 60,000봉지를 꺼냈다. 인원은 28,000여 명이지만 1인당 최하 2개는 먹을 것이기 때문이다.

지지난해 백두그룹 라면 공장을 털 때 무려 1,400만 봉지를 가져왔다. 따라서 아공간엔 아직도 엄청나게 많은 양이 쌓여 있다.

이곳 사람들 입맛에 매운 게 문제지만 계란은 그만큼이 없다. 하여 있는 대로 꺼내주며 아이들에게 주라고 했다.

먹을 것을 준다는 말이 번졌는지 가족 단위로 자리를 잡는다. 그리곤 보통이를 풀러 취사도구를 꺼냈다.

나무젓가락이 있지만 그걸 주진 않았다. 줘봤자 여기 사람들은 그걸 쓰지 못한다는 걸 알기 때문이다.

현수는 모두가 볼 수 있는 컨테이너 위로 올라가 어떻게 하는 건지를 보여주었다. 모두들 시키는 대로 했다.

잠시 후 라면 특유의 냄새가 진동을 한다.

면이 어느 정도 되면 먹으라 했지만 배가 고팠는지 곳곳에서 성급히 먹기 시작한다.

잠시 후, 후루룩 쩝쩝 소리가 사방에서 난다.

"후와! 맵다. 매워!"

"맞아! 엄청 매워, 근데 이상하게 맛있어."

"으으! 너무 매워. 으으! 물, 무울!"

여기저기서 매운맛 때문에 고통스러워했지만 어쩌겠는가!

지금은 이것 이외엔 방도가 없다.

그러다 문득 빙과류 600톤을 떠올렸다. 라면을 다 먹은 뒤 그걸 주면 매운 맛은 금방 잊을 것이다.

먹는 소리로 시끄럽던 장내는 불과 20분 후 국물 마시는 소리로 줄어들었다. 여전히 맵다는 소리를 하면서도 마시는 것이다. 하긴 까다로운 한국인들도 중독된 맛이다.

"세실리아! 이것은 이렇게 먹는 것이오."

현수는 아공간에서 빙과류를 꺼내 먹는 시범을 보여주었다. 잠시 후 장내는 쪽쪽 빠는 소리로 가득하다.

아까는 맵다고 투덜거리는 소리가 대부분이었다면 이번엔 몹시 달면서도 시원하다고 신기해한다.

"우와! 이건 대체 뭐래? 뭔데 이렇게 시원하고 달고, 맛이 있지? 이것도 마법으로 만든 건가?"

"그러게, 너무 맛이 있어. 둘이 먹다 하나 죽어도 모를 정도야. 아! 맛있어."

이러는 동안 현수는 모아놓은 라면과 빙과류 껍질을 모두

회수하여 아공간에 담았다. 가급적 아르센 대륙의 환경을 오염시키지 않으려는 의도이다.

어느 정도 시간이 흐르자 세실리아가 나서서 장내를 정리한다.

"자아! 보퉁이는 모두 이곳에 내려놓으세요. 저쪽에 가면 다시 받을 수 있대요. 아줌마! 그거 놓고 가라니까요."

"아이고, 안 돼요. 이거 잃어버리면 우리 가족은 못살아요. 이거 없이 어떻게 살라고……."

보아하니 취사도구와 옷가지 몇 개, 그리고 은화 한 두어 개가 들어 있는 모양이다.

"그거 없어지면 내가 물어줄 테니 놓고 들어가."

현수는 짐짓 말을 놓았다. 아르센에선 다들 마법사를 안하무인인 무시무시한 존재로 알기 때문이다.

"네? 아, 네에."

세실리아의 말은 따르지 않던 아낙이 살그머니 보퉁이를 내려놓는다. 그러면서도 혹시라도 잃어버리면 안 되는데 하는 표정이다.

"어서 안으로!"

"네? 아, 네에."

여섯 개의 컨테이너에 각기 300명씩 들어갔다. 모두들 불안한 표정이다. 그러거나 말거나이다.

"아공간 오픈! 입고!"

현수의 입술이 달싹이자 시커먼 구멍이 생겼고, 3개의 컨테이너가 순식간에 사라지자 모두들 두렵다는 표정으로 변한다. 마법사의 실험 재료가 되는 건 아닌가 싶었던 모양이다.

세실리아 역시 그중 하나이다. 하지만 일일이 설명하고 있을 시간이 없다.

"매스 텔레포트!"

샤르르르르르릉─!

눈에 보이지 않는 마나가 마법진 전체에서 마치 빛처럼 뿜어진다. 그와 동시에 마법진 중앙에 놓여 있던 컨테이너 셋과 현수의 신형이 안개처럼 스러진다.

『전능의 팔찌』 40권에 계속…

말년병장, 이등병되다!

에바트리체 장편 소설

FUSION FANTASTIC STORY

대한민국 남자라면 알고 있을 바로 그 이야기!

『말년병장, 이등병 되다!』

전역을 코앞에 둔 말년병장, 이도훈.
꼬장의 신이라 불리던 그가 갑자기 훈련병이 되었다?!

"…이런 X같은 곳이 다 있나!"

전우애 넘치는 군인들의
좌충우돌 리얼 군대 이야기!

FANATICISM HUNTER

광신사냥꾼

류승현 판타지 장편 소설

FANTASY FRONTIER SPIRIT

「블레이드 마스터」의 류승현 작가가 펼쳐내는
판타지의 새로운 신화!

마도대전을 승리로 이끈 유리언 대륙의 영웅,
최강의 아크 메이지 제온!

그러나 '세상의 섭리'에 아내와 아이를 빼앗기는데……

『광신사냥꾼』

만약 그것이 정말로 세상의 섭리라면,
그마저도 무너뜨리고 말리라!

복수를 위한 제온의 위대한 여정이 시작된다!

Book Publishing CHUNGEORAM

유행이 아닌 자유추구 -
WWW.chungeoram.com